目録（第三册）

第二十回至第二十九回

第二十回

王熙鳳正言彈妒意　林黛玉俏語謔嬌音

【回前】智慧生魔多像，魔生智慧方深。智慧寂滅萬緣根，不解智魔作甚。

話說寶玉在林黛玉房中說『耗子精』，寶釵撞來，諷刺寶玉元宵不知『綠蠟』之典，三人正在房中互相譏刺取笑。那寶玉正恐黛玉飯後貪眠，一時存了食，或夜間失了困，皆非保養身體之法；雲寶玉亦知醫理，却祇是在顰兒等人前方露，亦如後回許多明理之語，祇在閨前現露三分，越在雨村等經濟人前如痴如呆，實令人可恨。但雨村等視寶玉不是人物，豈知寶玉視彼等更不是人物，故不與（原作知）接談也。寶玉之情痴，是真乎，是假乎？看官細評。幸而寶釵走來，大家談笑，那林黛玉方不欲睡，自己才放了心。忽聽他房中嚷起來，大家側耳聽了一聽，林黛玉先笑道：『這是你〔一〕媽媽和襲人叫呢。那襲人也罷了，你媽媽再要認真排場他，可見老背晦了。』襲卿能使顰卿一贊，愈見彼之爲人矣，觀者諸公以爲何如？寶玉忙要趕過來，寶釵忙一把拉住道：庚側：的是寶釵行事。『你別和你媽媽吵才是，他老糊塗了，倒要讓他一步為是。』寶釵如何，觀者思之。寶玉道：『我知道了。』

說畢走來，衹見李媽媽拄着拐棍，在當地罵襲人：[庚側：活像過時奶媽罵丫頭。]『忘了本的小娼婦！我抬舉你起來，[庚側：在襲卿身上却（原作去）叫下撞天屈來。]這會子我來了，你大模大樣的躺在炕上，見我來也不理一理。一心衹想妝狐媚子哄寶玉，[庚側：看這句，幾把批書人嚇傻（原作殺）了。]哄的寶玉不理我，聽你們的話。[庚側：幸有此二句。不然，我石兄、襲卿掃地矣。]你不過是幾兩臭銀子買來的毛丫頭，這屋裏你就作耗，如何使得！好不好拉出去配一個小子，[庚側：雖寫得酷肖，然唐突我襲卿，實難爲情。]看你還妖精似的哄寶玉不哄！』[庚側：若知『好事多魔』，方會作（原作昨）者之意。]襲人先衹道李媽媽不過為他躺着生氣，少不得分辯說『病了，才出汗，蒙着頭，原沒看見你老人家』等話。後來衹管聽他說『哄寶玉』『妝狐媚』，又說『配小子』等話，由不得又愧又委屈，禁不住哭起來。

寶玉雖聽了這些話，也不好怎樣，少不得替襲人分辯病了吃藥等語，又說：『你不信，衹問別的丫頭們。』李媽媽聽了這話，益發氣起來了，說道：『你衹護着那起狐狸，那裏認得我了，叫我問誰去？[庚側：真有是語。]誰不幫着你呢，[庚側：真有是事。]誰不是襲人拿下馬來的！[庚側：冤枉，冤哉！]我都知道那些事。[庚側：囫圇語，難解。]我衹和你在老太太、太太跟前去講了。把你奶了這麼大，[庚側：奶媽拿手活。]到如今吃不着奶了，把我丢在一旁，逞着丫頭們要我的強。』[庚眉：特爲乳母傳照，暗伏後文倚勢奶娘綫脉。《石頭記》無閑文并虚字在此。□□壬午孟夏，畸笏老人。]一面說，一面也哭起來。

彼時黛玉、寶釵等也走過來勸說：『媽媽，你老人家擔待他們一點子就完了。』李媽媽見他二人來了，便拉住訴委屈，將當日吃茶，茜雪出去，與昨日酥酪等事，嘮嘮叨叨說個不清。

庚側：四字，嬤嬤是看（原作愖）重二人身份。

庚側：好極！妙極！逼（原作畢）肖極！

可巧鳳姐正在上房算完輸贏帳，聽得後面聲嚷動，便知是李媽媽老病發了，排揎寶玉的人。——正值他今兒輸了錢，庚眉：茜雪至獄神廟方呈正文。襲人正文標目曰（原作昌）：『花襲人有始有終。』余祇見有一次謄清時，與『獄神廟慰寶玉』等五、六稿，被借閱者迷失。嘆嘆！□□丁亥夏，畸笏叟。◎庚側：找上文。遷怒于人。庚側：有是爭競事。便連忙趕過來，拉了李媽媽，笑道：『好媽媽，別生氣。大節下，老太太才喜歡了一日，你是個老人家，別人高聲，你還要管他們呢；難道你還不知道規矩，在這裏嚷起來，叫老太太生氣不成？庚側：阿鳳兩提『老太太』，是叫老嫗想襲卿是老太太的人，況又雙關大體，勿泛泛看去。你祇說誰不好，我替你打他。我家裏燒的滾熱的野鷄，快來跟我吃酒去。』庚側：何等現成，何等自然，的是鳳卿筆法。一面說，一面拉着走，又叫：『豐兒，替你李奶奶拿着拐棍子，擦眼泪的手帕子。』庚側：一絲不漏。那李媽媽腳不沾地跟了鳳姐走了，一面還說：『我也不要這老命了，越性今兒沒了規矩，鬧一場子，討個沒臉，強如受那娼婦蹄子的氣！』後面寶釵、黛玉隨着，見[二]鳳姐兒這般，都拍手笑道：『虧這一陣風來，把個老婆子撮了去了。』庚側：批書人也是這樣說。看官將一部書中人一一想來，收拾文字，非阿鳳誰能（原作俱）有瑣細引迹事。《石頭記》得力處俱在此。

寶玉點頭嘆道：『這又不知是那裏的帳，衹揀軟的排揎。昨兒又不知是那個姑娘得罪了，上在他帳上。』一句未了，晴雯在旁笑道：『誰又不瘋了，得罪他做什麼。便得罪了他，就有本事承任，不犯着帶累別人！』襲人一面哭〔三〕，一面拉寶玉道：『為我得罪了〔四〕一個老奶奶，你這會子又為我得罪這些人，這還不夠我受的，還衹是拉別人。』寶玉見他這般病勢，又添了這些煩惱，連忙忍氣吞聲，安慰他仍舊睡下出汗。又見他湯燒火熱，自已守着〔五〕他，歪在旁邊，勸他衹養着病，別衹想着些沒要緊的事生氣。襲人冷笑道：『要為這些事生氣，這屋裏一刻還站不得了。庚側：實言，非謬語也。但衹是天長日久，衹管這樣，可叫人怎麼樣才好呢。時常我勸你，別為我們得罪人，你衹顧一時為我們那樣，他們都記在心裏，遇着坎兒，說的好說不好聽，大家什麼意思。』庚側：從『狐媚子』等語來，實實好語，的是襲卿。一面說，一面禁不住流泪，又怕寶玉煩惱，衹得又勉強忍着。

一時雜使的老婆子煎了二和藥來。寶玉見他才有汗意，不肯叫他起來，自已便端着，就枕與他吃了，即命小丫頭子們鋪炕。襲人道：『你吃飯不吃飯，到底老太太、太太跟前坐一會子，庚側：心中時時刻刻正意語也。和姑娘們玩一會子再回來。我就靜靜的躺一躺也好。』庚眉：一段特爲怡紅襲人、晴雯、茜雪三鬟之性情、見識、身份而寫。□□己卯冬夜。寶玉聽說，衹得替他去了簪鬟，看他躺下，自往上房來。

同賈母吃畢飯，賈母猶欲同那幾個老管家媽媽鬥牌解悶，寶玉記着襲人，便回至房中，見襲人朦朦睡去。自己要睡，天色尚早。彼時晴雯、綺霞、秋紋、碧痕都尋熱鬧，找鴛鴦、琥珀等耍戲去了，獨見麝月一個人在外間房裏燈下抹骨牌。寶玉笑問道：『你怎麼不同他們玩去？』麝月道：『沒有錢。』寶玉道：『床底下堆着那麼些，還不夠你輸的？』麝月道：『都玩去了，這屋裏交給誰呢？庚側：正文。◎庚眉：麝月閑閑無語，令余酸鼻，正所謂對景傷情。□□丁亥夏，畸笏。那一個又病了。滿屋裏上頭是燈，下頭是火。庚側：燈節。那些老媽媽子們，老天拔地，伏侍一天，也該叫他們〔六〕歇歇；小丫頭子們也伏侍了一天，這會子還不叫他們玩玩去。所以讓他們都去罷，我在這裏看着。』

寶玉聽了這話，公然又是一個襲人。庚側：豈敢！因笑道：『我在這裏坐着，你放心去罷。』庚側：每于如此等處，石兄何嘗（原作常）輕輕放過，不介意來？亦作者（原無）欲瞞看官，又被批書人看出（原作去），呵呵！麝月道：『你既在這裏，越發不用去了。咱們兩個，說話玩笑豈不好？』庚側：全是襲人口氣，所以後來代任。寶玉笑道：『咱〔七〕兩個做什麼呢？怪沒意思的。也罷了，早上你說頭癢，這會子沒什麼事，我替你篦頭罷。』麝月聽見，便道：『就是這樣。』說着，將文具鏡匣搬來，卸去釵釧，打開頭發。寶玉拿蓖子替他一一的梳蓖。庚側：金閨細事如此寫。祇篦了三五下，祇見晴雯忙忙走進來取錢。一見了他兩個，便冷笑道：『哦，交杯盞還沒吃，倒上頭了！』庚側：雖謔語，亦稍（原作少）露怡紅細事。寶玉笑道：『你來，我也替你篦一篦。』

晴雯道：『我沒那麼大福。』說着，拿了錢，便摔簾子出去了。

寶玉在麝月身後，麝月對鏡，二人在鏡内相視。庚側：此系石兄得意處。寶玉便向鏡内笑道：『滿屋裏就祇是他磨牙。』麝月聽說，忙也向鏡中擺手，庚側：好看。有（原無）趣。寶玉會意，忽聽『唿』一聲簾子響，晴雯又跑進來問道：庚側：麝月摇手爲此。可兒，可兒！◎庚眉：嬌憨滿紙，令人叫絶。□□壬午九月。『我怎麼磨牙了？庚側：好看煞！咱們倒要說說。』麝月笑道：『你去你的罷，又來問人了。』晴雯笑道：『你又護着。你們那瞞神弄鬼的，我知道。庚側：找上文。等我撈回本兒來，再說話。』說着，一徑出去了。閑上一段兒女口舌，却寫麝月一人。在（原作有）襲人出嫁之後，寶玉、寶釵身邊還有一人，雖不及襲人周到，亦可免微嫌小敝等患，方不負寶釵之爲人也。故襲人出嫁後雲『好歹留着麝月』一語，寶玉便依從此話。可見襲人雖去，實未去也。寫晴雯之疑忌，亦爲下文跌扇角口等文伏脉，却又輕輕抹去。正見此時都在幼時，雖微露其疑忌，見得人各禀天真之性，善惡不一，往後漸大漸生心矣。但觀者凡見晴雯諸人則惡之，何愚也哉？要知自古及今，愈是尤物，其猜忌嫉妒愈甚。若一味渾厚大量涵養，則有何令人憐愛護惜哉？然後知寶釵、襲人等行爲，并非一味蠢拙古板，以女夫子自居。當綉幕燈前，緑窗月下，亦頗有或調或妒，輕俏艷麗等語。不過一時取樂買笑耳，非切切一味妒才嫉賢也，是以高諸人百倍。不然，寶玉何甘心受屈于二女夫子哉？看過後文則知矣。故觀書諸君子不必惡晴雯，正該感晴雯金閨綉閣中生色方是（原作法）。這裏寶玉通了頭，命麝月悄悄的伏侍他睡下，不肯驚動襲人。一宿無語。

至次日清晨起來，襲人已是夜間發了汗，覺得輕省了些，祇吃些米湯静養。寶玉放了心。因飯後走〔八〕

到薛姨媽這邊來閑逛。彼時正月內，學房中放年學，閨閣中忌針黹，卻都是閑時。因賈環也過來玩。正遇見寶釵、香菱、鶯兒三個趕圍棋作耍，賈環見了也要玩。寶釵素習看他亦如寶玉，并沒他意。今兒聽他要玩，讓他上來坐了，一處玩。一磊十個錢，頭一回自己贏了，心中十分歡喜。庚眉：寫環兄先贏，亦是天生地設現成文字。□□己卯冬夜。後來接連輸了幾盤，便有些着急。趕着這盤正該自己擲骰子，若擲個七點便贏，若〔九〕擲個六點，下該鶯兒擲三點就贏了。因拿起骰子來，狠命一擲，一個作定了五，那一個亂轉。鶯兒拍着手衹叫『幺』，庚側：好看煞！◎嬌態如此。賈環便瞪着眼，『六—七—八』混叫。那骰子偏生轉出幺來。賈環急了，伸手便抓起骰子來，然後就拿錢，說是個六點。庚側：更也好看！鶯兒便說：『分明是幺！』寶釵見賈環急了，便瞅鶯兒說道：『越大越沒規矩，難道爺們要賴你？蒙側：酷肖。還不放下錢來呢！』鶯兒見寶釵說，不敢嘖聲，衹得放下錢來，口內嘟囔說：『一個作爺的，還賴我們這幾個錢，庚側：酷肖。連我也不在眼裏。前兒和寶玉玩，他輸了那些也沒着急。庚側：倒捲簾法。實寫幼時往事，可傷！下剩的錢，還是幾個小丫頭們一搶，他一笑就罷了。』寶釵不等說完，連忙斷喝。賈環道：『我拿什麼比寶玉呢。你們怕他，都和他好，都欺負我不是太太養的。』庚側：蠢驢！說着，便哭了。寶釵忙勸他：『好兒弟，快別說這話兒，人家笑話你。』庚側：觀者至此，有不捲簾厭看者乎？余替寶卿實難爲情。又罵鶯兒。

正值寶玉走來，見了這般形況，問是誰怎麼了。賈環不敢噴聲。寶釵素知他家規矩，凡作兄弟的，都怕哥哥。 大族規矩原是如此，一絲兒不錯。 卻不知那寶玉是不要人怕他的。他想着：『弟兄們一并都有父母教訓，何必我多事，反生疏了。況且我是正出，他是庶出，饒這樣還有人背後談論， 庚側：此意不呆。 還禁得轄治他了。』更有個呆意思存在心裏。 庚眉：又用諱人語瞞着看官。□□己卯冬辰。 你道是何呆意？因他自幼姊妹叢中長大，親姊妹有元春、探春，堂姊妹有迎春、惜春，親戚中又有史湘雲、林黛玉、薛寶釵等諸人。他便料定，原來天生人為萬物之靈，凡山川日月之精氣，祇鐘于女兒，須眉男子不過是些渣滓濁沫而已。因有這個呆念在心，把一切男子都看成混沌濁物，可有可無。祇是父親叔伯兄弟中，因孔子是亘古第一人說下的，不可忤慢，祇得要聽他這句話。 庚側：聽了這一個人之話，豈是呆子？由你自己說罷。我把你作極乖的人看。 所以，弟兄之間不過盡其大概的情理就罷了，并不想自己是丈夫，須要為子弟之表率。是以賈環等都不怕他，卻怕賈母，才讓他三分。如今寶釵恐怕寶玉教訓他，倒沒意思，便連忙替賈環掩飾。寶玉道：『大正月裏哭什麼？這裏不好，你別處玩去。你天天念書，倒念糊塗了。比如這件東西不好，橫豎那一件好，就弃了這件取那個。難道你守着這個東西哭一會子就好了不成？你原是來樂的，既不能取樂，就往別處去再尋樂，玩一會子。你如今自招煩惱，難道算取樂玩了不成？不如快去為是呢。』

庚側：呆子都會立這樣意，說這樣話？賈環聽了，衹得回來。

趙姨娘見他這般，因問：『又是在那裏墊了踹窩來了？』庚側：多事人等口角（原無）談吐。一問不答，庚側：逼（原作畢）肖。再問時，賈環便說：『同寶姐姐玩的，鶯兒欺負我，賴我的錢，寶玉哥哥攆我來了。』趙姨娘啐道：『誰叫你上高臺攀去了？下流沒臉的東西！那裏玩不得？誰叫你跑了去討沒意思！』

正說着，可巧鳳姐在窗外過，都聽在耳内。便隔窗說道：『大正月又怎麼了？環兄弟小孩子家，一半點兒錯了，你衹教導他，說這些淡話做什麼！憑他怎麼去，還有太太、老爺管他呢，就大口啐他！他現是主子，不好了，橫豎有教導他的人，庚側：反得了理了，所謂貶中褒。想趙姨即不畏阿鳳，亦無可回答。◎庚眉：嫡嫡是彼親生，句句竟成正中貶，趙實難答言。至此方知題標用『彈』字，甚妥協。□□己卯冬夜。與你什麼相幹！環兄弟出來，跟我玩去。』賈環素日怕鳳姐比怕王夫人更甚，聽見叫他，忙唯唯的出來。趙姨娘也不敢噴聲。庚側：『彈（原作談）妒意』正文。鳳姐向賈環道：『你也是個沒氣性的！時常說給你：要吃，要喝，要玩，要笑，衹愛同那一個姐姐、妹妹、哥哥、嫂子玩，就同那個玩。你不聽我的話，反叫這些人教的歪心邪意，庚側：借人發脱，好阿鳳，好口齒！句句正言正理。趙姨安得不抵翅低頭，靜聽發揮？批至此，不禁一大白又大白矣。狐媚子霸道的。自己不尊重，要往下流走，安着壞（十）心，還衹管怨人家偏心。輸了幾個錢？庚側：轉得好。就這麼個樣兒！』賈環見說，衹得諾諾的回說：『輸了一二百。』鳳姐道：『虧你還是爺，輸了一二百錢就這樣！』庚側：作（原作凡）者當記一大白（原作百）乎。笑笑！回頭叫豐兒：『去取一吊錢來，姑娘們都在後頭玩呢，把他送了玩去。庚側：收拾（原作什）得好！——你明兒再這麼下流狐媚子，我先打了你，打發人告訴學裏，皮不揭了你的！為你這個不尊重，庚側：又一折筆，更覺有味。恨的你（十二）哥哥牙癢，不是我攔着，窩心腳把你的腸子抓出來呢。』喝命：『去罷！』庚側：本來面目，斷不可少。賈環諾諾的跟了豐兒，得了錢，庚側：三字寫盡（原作看）環哥。自己和迎春等玩去。不在話下。一段大家子奴妾吆喝，如見如聞，正爲下文五鬼作引也。余爲寶玉肯效鳳姐一點餘風，亦可繼寧、榮之盛，諸公當爲何如？

且說寶玉正和寶釵玩笑，忽見人說：『史大姑娘來了。』妙極！凡寶玉、寶釵正閑相遇時，非黛玉來，即湘雲來，是恐漏泄文章之精華也。若不如此，則寶玉久坐忘情，必被寶卿見弃，杜絶後文成其夫婦時，無可談舊之情，有何趣味哉！寶玉聽了，抬身就走。寶釵笑道：『等着，庚眉：『等着』二字大有神情。看官閉目熟（原作熱）思，方知趣味，非批書人漫（原作謾）擬也。□□己卯冬夜。咱們兩個一齊走，瞧瞧他去。』說着，下了炕，同寶玉一齊來至賈母這邊。祇見史湘雲大笑大說的，見他兩個來，忙問好厮見。寫湘雲又一筆法，特犯不犯。正值林黛玉在旁，因問寶玉：『在那裏的？』寶玉便說：『在寶姐姐家的。』黛玉冷笑道：『我說你虧在那裏絆住，不然早就飛了來了。』庚側：總是心中事語，故機括一動，隨機而出。寶玉笑道：『祇許同你玩，替你解悶兒。不過偶然去他那裏一趟，就說這話。』林黛玉道：『好沒意思的話！去不去管我什麼事，我又沒叫你替我解悶兒。可許你從此不理我呢！』說着，便賭氣回房去了。

寶玉忙跟了來，問道：『好好的又生氣了？就是我說錯了，你到底也還坐在那裏，和別人說笑一會子。又來自己納悶。』林黛玉道：『你管我呢！』寶玉笑道：『我自然不敢管你，祇沒有個看着你自己作踐了身子呢。』林黛玉道：『我作踐壞了身子，我死，與你何幹！』寶玉道：『何苦來，大正月裏，死了活了的。』林黛玉道：『偏說死！我這會子就死！你怕死，你長命百歲的，如何？』寶玉笑道：『要像祇管這樣鬧，我還怕死呢？倒不如死了幹淨。』林黛玉忙道：『正是了，要是這樣鬧，不如死了幹淨。』寶玉道：『我說我自己死了幹淨，別聽錯了話，賴人。』正說着，寶釵走來道：『史大妹妹等你呢。』說着，便推寶玉走了。此時寶釵尚未知二人心性，故來勸，後文察其心性，故擲之不聞矣。

這裏林黛玉越發氣悶，祇向窗前流泪。

沒兩盞茶的工夫，寶玉仍來了。蓋寶玉亦是心中祇有黛玉，見寶釵難却其意，故暫隨彼去，以完寶釵之情，是以少坐仍來也。林黛玉見了，越發哽哽噎噎的哭個不住。寶玉見了這樣，知難挽回，打叠起千百樣的膩語溫言來勸慰。不料自己未張口，庚側：石頭慣用如此筆杖（原作仗）。祇見黛玉先說道：『你又來做什麼？橫竪如今有人和你玩，比我又會念，又會作，又會寫，又會說笑，又怕你生氣，拉了你去。你又做什麼來？死活憑我去罷了！』寶玉聽了，忙上來悄悄的說道：『你這麼個明白人，難道連「親不間疏，先不僭後」也不知道？我雖糊塗，卻明白這兩句話。頭一件，咱們是姑舅姊妹，寶姐姐是兩姨姊妹，論親戚，他比你疏。第二件，你先來，咱們兩個一桌吃，一床睡，長的這麼大了，他是才來的，豈有個為他疏你的？』林黛玉啐道：『我難道為叫你疏他？我成了個什麼人了呢？我為的(十二)是我的心。』寶玉道：『我也為的是你的心。難道你就知你的心，不知我的心不成？』此二語不獨觀者不解，料作者亦未必解；不但作者未必解，想石頭亦未必解，不過述寶、林二人之語耳。石頭既未必解，寶、林此刻自己亦不解，皆隨口說出耳。若觀者必欲要解，須自揣自身是寶、林之流，則洞然可解；若自料不是寶、林之流，則不必求解矣。萬不可將此二句不解，錯謗寶、林及石頭、作者等人。

林黛玉聽了，低頭一語不發，半日說道：『你祇怨人行動嗔怪了你，你再不知道你自己慪人難受。就拿今日天氣比，分明今兒冷的這樣，你怎麼倒反把青肷披風脫了呢？』真正奇絕妙文，真如羚羊挂角，無迹可求。此等奇妙，非口中筆下（原作不）可形容出者。寶玉笑道：『何嘗不穿着，見你一惱，我一炮燥就脫了。』林黛玉嘆道：『回來傷了風，又該饑着吵吃的了。』

庚眉：明明寫湘雲來是正文，祇用二三答言，反接寫玉、林小角口；又用寶釵岔開，仍不了局；再用千句柔言，百般溫態，正在情完未完之時，湘雲突至（原作在），『謔嬌音』之文才見。真正（原作已）『賣（原作費）弄有家私』之筆也。□□丁亥夏，畸笏叟。

◎一語仍歸兒女本傳。却又輕輕抹去也。

二人正說着，見湘雲走來，笑道：『愛哥哥，辰：齕口字音。林姐姐，你們天天一處玩，我好容易來了，也不理我一理兒。』林黛玉笑道：『偏咬舌子愛說話，連這「二」哥哥也叫不出來，祇是「愛」哥哥「愛」哥哥的。回來趕圍棋兒，又該着你鬧「幺愛三四五」了。』寶玉笑道：『你學慣了他，明兒連你還咬起來呢。』

可笑近之野史中，滿紙羞花閉月，鶯啼燕語，殊不知真正美人方有一陋處，如太真之肥，飛燕之瘦，西子之病，若施于別個不美矣。今以『咬舌』二字加之湘雲，是何大法手眼，敢用此二字哉？不獨不見其陋，且更覺輕俏嬌媚，儼然一嬌憨湘雲立于紙上，掩書合眼思之，其『愛厄』嬌音如入耳。然後將滿紙鶯啼燕語之字樣，填糞窖可也。史湘雲道：『他再不放人一點兒，專挑人的不好。你便比世人好，也不犯着見一個打趣一個。指出一個人來，你敢挑他，我就服你。』黛玉忙問是誰，湘雲道：『你敢挑寶姐姐短處，就算你是好的。我算不如你，他怎麼不及你呢。』林黛玉聽了，冷笑道：『我當是誰，原來是他！我那裏敢挑他呢。』庚眉：此作者放筆寫，非褒釵貶顰也。□□己卯冬夜。寶玉不等說完，忙用話分開。湘雲笑道：『這一輩子，我自然比不上你。我祇保佑着明兒得一個咬舌的林姐夫，時時刻刻你可聽「愛」「厄」去。阿彌陀佛，那才現在我眼裏！』笑的衆人不了，湘雲忙回身跑了。要知端的，下回分解。

總評

此回文字，重作輕抹。得力處是——鳳姐拉李媽媽去，借環哥彈壓趙姨娘。細致處——寶釵爲李媽勸寶玉，安慰環哥，斷喝鶯兒。至急爲難處是——寶、顰論心。無可奈何處是——就拿今日天氣比；黛玉冷笑道：『我當誰，原來是他！』冷眼最好看處是—寶釵、黛玉看（原無）鳳姐拉李媽，雲『這一陣風』；玉、麝一節；湘雲到，寶玉就走，寶釵說『等着』；湘雲大笑大說；顰兒學咬舌；湘雲念佛跑了數節。可使看官于紙上，能耳聞其音，目睹其形。

校記

〔一〕原文無『你』字，據蒙府本補。
〔二〕原文無『見』字，據蒙府本補。
〔三〕原文無『一面哭』數字，據庚辰本補。
〔四〕原文無『了』字，據庚辰本補。
〔五〕原文無『着』字，據列藏本補。
〔六〕原文無『們』，據蒙府本補。
〔七〕原文無『咱』字，據庚辰本補。
〔八〕此處的『走』字，原文爲『時』，據庚辰本改。
〔九〕原文無『擲骰子，若擲個七點便贏，若……』數字，據庚辰本補。
〔十〕此處的『壞』字，原文爲『這』，據庚辰本改。
〔十一〕原文無『你』字，據蒙府本補。
〔十二〕原文無『的』字，據庚辰本補。

第二十一回

賢襲人嬌嗔箴寶玉　俏平兒軟語救賈璉

【回前】按此回之文固妙，然未見後之三十回，猶不見此之妙。此回『嬌嗔箴寶玉，軟語救賈璉』，後回『薛寶釵借詞含諷諫，王熙鳳知命强英雄。』今祇從二婢説起，後文則直指其主。然今日之襲人，之寶玉，亦他日之襲人，他日之寶玉也。今日之平兒、之賈璉，亦他日之平兒，他日之賈璉也。何今日之玉猶可箴，他日之玉已不可箴耶？今日之璉猶可救，他日之璉已不可救耶？

『箴』與『諫』無异也，而襲人安在哉？寧不悲乎！救與强無別也甚矣！但此日阿鳳英氣何如是也？他日之身微運蹇，亦何如是耶？人世之變遷，倏爾如此！

今日寫襲人，後文寫寶釵；今日寫平兒，後文寫阿鳳。文是一樣情理，景况光陰，事却天壤矣。多少眼泪，灑與此兩回書中。

此回襲人三（原作之）大功，直與寶玉一生三大病映射。

庚：有客題《紅樓夢》一律，失其姓氏，惟見其詩意駭警，故録于斯：『自執金矛又執戈，自相戕戮自張羅。茜紗公子情無限，脂硯先生恨幾多。是幻是真空歷遍，閑風閑月枉吟哦。情機轉得情天破，情不情兮奈我何？』

凡是書題者不少（原作可），此爲絶調。詩句警拔，且深知擬書底裏，惜乎失名（原作石）矣！

按此回之文固妙，然未見後卅回，猶不見此之妙。此回『嬌嗔箴寶玉』『軟語救賈璉』，後曰『薛寶釵借詞含諷諫，王熙鳳知命强英雄。』今祇從二婢説起，後則直指其主。然今日之襲人，之寶玉，亦他日之襲人，他日之寶玉也。今日之平兒、之賈璉，亦他日之平兒，他日之賈璉也。何今日之玉猶可箴，他日之玉已不可箴耶？今日之璉猶可救，他日之璉已不能救耶？箴與諫無异也，而襲人安在哉？寧不悲乎？『救』與『强』無别也，甚矣！今因平兒救，此日阿鳳英氣何如是也？他日之『强』何身微運蹇，展眼何如彼耶？人世之變遷如此光陰！

話説史湘雲跑了出來，怕林黛玉趕上，寶玉在後忙説：『仔細絆跌了！那裏就趕上了？』林黛玉趕到門前，被寶玉叉手在門框上攔住，笑勸道：『饒他這一遭罷。』林黛玉扳着手説道：『我要饒過雲兒，再不活着！』湘雲見寶玉攔住門，料黛玉不能出來，寫得湘雲與寶玉又親厚之極，却不見疏遠黛玉，是何情思耶？便立住脚笑道：『好姐姐，饒我這一遭罷！』恰值寶釵來在湘雲身後，也笑道：『我勸你兩個看寶兄弟分上，都〔一〕丢開手罷。』好極，妙極！玉、顰、雲三人已難解難分，插入寶釵雲：『我勸你兩個看在寶兄弟分上』，話祇一句，便將四人一齊籠住，不知孰遠孰近，孰親孰疏，真好文字。黛玉道：『我不依。你們是一氣的，都戲弄我不成！』活是顰兒口吻，雖屬尖利。真實甚愛甚憐。寶玉勸道：『誰敢戲弄你！你不打趣他，他焉敢說你？』好！二『你』字，連二『他』字，華灼之至！四人正難分解，好！前系三人，今忽四人，俱是書中正眼，不可少矣。有人來請吃飯，方往前邊來。好文章！正是閨中女兒口角之事。若祇管諄諄不已，則成何文矣。那天早又掌燈時分，王夫人、李紈、鳳姐、迎、探、惜等都往賈母這邊來，大家閑話了一會，各自歸寢。湘雲仍往黛玉房中安歇。前文黛玉未來時，湘雲、寶玉則隨賈母。今湘雲已去，黛玉既來，年歲漸大，寶玉各自有房，黛玉亦各有房，故湘雲自應同黛玉一處也。

寶玉送他二人到房，那天已二更多時，襲人來催了幾次，方回自己房中來睡。次日天明時，便披衣趿鞋往黛玉房中時，不見紫鵑、翠縷二人，祇見他姊妹兩個尚卧在衾內。那林黛玉庚：寫黛玉身份。嚴嚴密密裹着一幅杏子紅綾被，安穩合目而睡。一個睡態。那史湘雲卻一把青絲拖于枕畔，被祇齊胸，一彎雪白的膀子掠于被外，又帶着兩個金鐲子。又一個睡態。寫黛玉之睡態，儼然就是嬌弱女子，可憐。湘雲之態，則儼然是個嬌態女兒，可愛。真是人人俱盡，個個活跳，吾不知作者胸中埋伏多少裙釵！寶玉見了，嘆道：『嘆』字奇！除玉卿外，世人見之，自曰喜也。『睡覺還是不老實！回來風吹了，又嚷肩窩疼了。』一面說，一面輕輕的替他蓋上。林黛玉早已醒了，庚側：不醒不是黛玉了。覺得有人，就猜着定是寶玉，因翻身一看，果中其料。說道：『這早晚就跑過來做什麼？』寶玉笑道：『這天還早呢！你起來瞧瞧。』黛玉道：『你先出去，讓我們起來。』庚側：一絲不亂。寶玉聽了，轉身出至外邊。

黛玉起來叫醒湘雲，二人都穿了衣服。寶玉復又進來，坐在鏡臺旁邊，衹見紫鵑、雪雁進來伏侍梳洗。湘雲洗了面，翠縷便拿殘水要潑，寶玉道：『站着，我趁勢洗了就完了，省得又過去費事。』說着便走過來，彎着腰洗了兩把。庚側：妙在『兩把』。紫鵑遞〔二〕過香皂去，寶玉道：『這盆裏就不少，不用搓了。』蒙側：此等用心淫極，請看却自不淫，非（原作泍）世之凡夫俗子得夢見者。真雅極，趣極！又洗了兩把，便要手巾。庚側：在怡紅何其費（原作廢）事多多。翠縷道：『還是這個毛病兒，多早晚才改。』庚側：冷眼人旁點，一絲不漏。寶玉也不理，忙忙的要過青鹽擦了牙，漱了口，完畢，見湘雲已梳完了頭，便走過來笑道：『好妹妹，替我梳上頭罷。』湘雲道：『這可不能了。』寶玉笑道：『好妹妹，你先時怎麼替我梳了呢？』湘雲道：『如今我忘了，庚眉：『忘了』二字在嬌憨。怎麼梳呢？』寶玉道：『橫豎我不出門，又不帶冠子勒子，不過打幾根散辮子就完了。』說着，又千妹妹萬妹妹的央告。庚眉：口中自是應聲而出，捉筆人却從何處設想而來，成此天然對答？□□壬午九月。◎蒙側：逼近情態。湘雲衹得扶他的頭過來，一一梳篦。在家不戴冠，并不總角，衹將四圍短發編成小辮，往頂心發上歸了總，編一根大辮，紅絛結住。自發頂至辮梢，一路四顆珍珠，下面有金墜腳。湘雲一面編着，一面說道：『這珠子衹三顆了，這一顆不是的。庚側：梳頭亦有文字，前已敘過；今將珠子一穿插，却天生有是事。我記得是一樣的，怎麼少了一顆？』寶玉道：『丢了一顆。』湘雲道：『必定是外頭去掉下〔三〕來，不防被人揀了去，倒便宜他。』庚眉：『倒便宜他』四字與『忘了』二字是一氣而來，將一侯府千金白描矣。□□畸笏。◎蒙側：是湘雲口氣。◎妙談。『倒便宜他』四字，是大家千金口吻。近日多用『可惜了的』四字。今失一珠不聞此四字，妙極，是極！黛玉在旁盥手，冷笑道：『也不知是真丟了，也不知是給了人，鑲什麼戴去了！』庚側：純用畫家『烘染法』。◎蒙側：是黛玉口氣。寶玉不答。有神理，有文章。因鏡臺兩邊俱是妝奩等物，順手拿起來賞玩，何賞玩耶？寫來奇特。不覺又順手拈了胭脂，意欲要往口邊送。是襲人勸後餘文。因又怕史湘雲說，好極！的是寶玉也。正猶豫間，湘雲果在身後看見，一手擼着辮子，便伸手來『拍』的一下，從手中將胭脂打落，說道：『這不長進的毛病兒，多早晚〔四〕才改過！』庚側：前翠縷之言并非白寫。

一語未了，衹見襲人進來，看見這般光景，知是梳洗過了，衹得回來自己梳洗。忽見寶釵走來，因問：『寶兄弟那去了？』襲人含笑道：『寶兄弟那裏還有在家裏的工夫！』寶釵聽說，心中明白。又聽襲人嘆道：『姊妹們和氣，也有個分寸禮節，也沒個黑家白日鬧的！憑人怎麼勸，都是耳旁風。』寶釵聽了，心中暗忖道：『倒別看錯了這個丫頭，聽說話，倒有些識見。』此是寶卿初試，以下漸成知己，蓋寶卿從此心察得襲人果賢女子也。寶釵便在炕上坐了，好！逐回細看，寶卿待人接物，不疏不親，不遠不近。可厭之人，亦未見冷淡之態，形諸聲色；可喜之人，亦未見醴蜜之情，形諸聲色。今日便在炕上坐了，蓋深取襲卿矣。二人文字，此回爲始，詳批于後，諸公請記之。慢慢的閑言中套問他年紀家鄉等語，留神窺察，其言語志量，深可敬愛。四字包羅許多文章筆墨，不似近之開口便雲『非諸女子之可比』者。此句大壞。然襲人固佳矣，不書此句是大手眼。

一時，寶玉來了，寶釵方出去。奇文。寫得釵、玉二人形景較諸人皆遠（原作近），何也？寶玉之心，凡女子前不論貴賤，皆親密之至，豈于寶釵前反生遠心哉？蓋寶釵之行止，端肅恭嚴，不可輕犯，寶玉欲近之，而恐一時冒瀆，故不敢狎犯也。寶釵待下愚，尚且和平親密，何至兄弟前有遠心哉？蓋寶玉之形景已泥于閨閣，近之則恐不遜，反成遠離之端也。故二人之遠，實相近之至也。至顰兒與寶玉，實近之至矣，却遠之至也。不然，後文如何凡較勝角口諸事，皆出于顰哉？以及寶玉軋玉，顰兒之泪枯，種種孽障，種種憂忿，皆情之所陷，更何辯哉？此一回將寶玉、襲人、釵、顰、雲等行止大概一描，已啓後大觀園中文字也。今詳批于此，久後不忘矣。釵與玉遠中近，顰與玉近中遠，是要緊兩大股，不可粗心看過。寶玉便問襲人道：『怎麼寶姐姐和你說的這麼熱鬧，見我進來就跑了？』庚側：此問必有。◎蒙側：我則以寶釵之去，因襲人之言不得不去。問一聲不答，再問時，襲人方道：『你問我麼？我那裏知道你們的原故。』寶玉聽了這話，見他臉上氣色非往日可比，便笑道：『怎麼動了真氣？』寶玉如此。襲人冷笑道：『我那裏敢動氣？祇是你從今以後別進這屋子了。橫竪有人伏侍你，再不必來支使我。我仍舊還伏侍老太太去。』一面說，一面便在炕上合眼倒下。蒙側：是醋，是諫？不敢擬定。似在可否之間。◎醋妒妍憨假態，至矣盡矣。觀者但莫認真此態幸甚。寶玉見了這般景況，深為駭异，好！可知未嘗見襲人之如此技藝也。禁不住趕來勸慰。那襲人祇管合了眼不理。與顰兒前番嬌態如何？愈覺可愛猶甚。寶玉無了主意，因見麝月進來，偏麝月來，好文章。道：『你〔五〕姐姐怎麼了〔六〕？』如見如聞。麝月道：『我知道麼？問你自己便明白了。』蒙側：溺入者每受侮慢而不顧。◎又好麝月。寶玉聽說，呆了一會，自覺無趣，便起身咳道：『不理，罷。我也睡去。』說着，便起身下炕，到自己床上歪下。襲人聽他半日無動靜，微微的打鼾，庚側：真乎？詐乎？料他睡着，便起身拿一領鬥篷來替他剛壓上，祇聽

『忽』的一聲，庚側：文是好文，唐突我襲卿，吾不忍也。◎蒙側：不可少。寶玉便掀過去，也仍合目裝睡。寫得爛熳。襲人明知其意，便點頭冷笑道：『你也不用生氣，從此後，我也衹當啞子，再不說你一聲兒，如何？』寶玉禁不住起身問道：『你又怎麽了？你又勸我。你勸也罷了，剛才又沒見你勸，我一進來，你就不理我，賭氣睡了。我還摸不着是為什麽，這會子你又說我惱了。庚側：這是委屈了石兒。◎蒙側：是神理。我何嘗聽見你勸我是什麽話了。』襲人道：『你心裏還不明白，還等我說呢！』庚側：亦是囫圇語，却從有生以來肺腑中出，千斤重。◎庚眉：《石頭記》每用囫圇語處，無不精絶、奇絶，且總不覺相犯。□□壬午九月，畸笏。

正鬧着，賈母遣人來叫他吃飯，方往前邊來，胡亂吃了半碗，仍回自己房中。衹見襲人睡在外頭炕上，麝月在旁抹骨牌。寶玉素知麝月與襲人親厚，一并連麝月也不理，揭起軟簾，自往裏間來，麝月衹得跟進來，寶玉便推他出去，說：『不敢驚動你們。』麝月衹得笑着出來，喚兩個小丫頭進來。寶玉拿一本書，歪着看了半日，因要茶，抬頭衹見兩個小丫頭在地下站着。蒙側：鬥湊得巧。一個大些的生得十分水秀，二字奇絶，多少嬌態包括一盡。今古野史中，無有此文也。寶玉便問：『你叫甚麽名字？』那丫頭便說：『叫蕙香。』也好。寶玉便問：『是誰起的？』蕙香道：『我原叫蕓香的，原俗。是花大姐姐改了蕙香。』寶玉道：『正經該叫「晦氣」罷了，什麽蕙香呢！』好極！趣極！又問：『你姊妹幾個？』蕙香道：『四個。』寶玉道：『你第幾？』蕙香道：『第四。』寶玉道：『明兒就叫「四兒」，不必什麼「蕙香」「蘭氣」的。那一個配比這些花，沒的玷辱了好名好姓。』『花襲人』三字在內，說的有趣。一面說，一面命他倒了茶來吃。襲人和麝月在外間聽了，抿嘴而笑。庚側：一絲不漏。好精神！

這一日，寶玉也不大出房。蒙側：『不大出房』四字，見寶玉是真情種。◎此是襲卿第一功勞也。也不和姊妹丫頭等廝鬧，此是襲卿第二功勞（原無）也。自己悶悶的，衹不過拿書解悶，或弄筆墨；蒙側：可憐，可愛！◎此雖未必成功，較往日終有微裨小益，所謂襲卿有三大功也。也不使喚衆人，衹叫四兒答應。誰知這個四兒是個聰敏乖巧不過的丫頭，又是一個有害無益者。作者一生爲此所誤，批者一生亦爲此所誤，于開卷凡見如此人，世人故爲喜，余反抱恨。蓋『四』字誤人甚矣。被誤者深感此批。見〔七〕寶玉用他，他變盡方法籠絡寶玉。也好，但不知襲卿之心思如何？至晚飯後，寶玉因吃了兩杯酒，面赤耳熱之際，若往日則有襲人等大家喜笑有興，今日卻冷清清的一人對燈，好沒興趣。待要趕了他們去，又怕他們得了意，以後越來勸；寶玉惡勸，此是第一大病也。若拿出做上的規矩來鎮唬，似乎無情太甚。寶玉重情不重禮，此是第二大病也。說不得橫心衹當他們死了，橫竪自然也要過的。便權當他們死了，毫無牽挂，反能怡然自悅。蒙側：此是寶玉大智慧、大力量處，別個不能，我也不能。◎此意卻好，但襲卿輩不應如此弃也。寶玉之情，今古無人可比固矣。然寶玉有情極之毒，亦世人莫忍爲者，看至後半部，則洞明矣。此是寶玉三大病也。寶玉有（原作見）此世人莫忍爲之毒，故後文方有『懸崖撒手』一回。若他人得寶釵之妻，麝月之婢，豈能弃而爲僧哉？玉一生偏僻之處。因命四兒剪燈烹茶，自己看了一會《南華經》〔八〕。正看至《外篇·胠篋》一則，其文曰：

故絶聖弃知，大盗乃止；擿玉毀珠，小盗不起；焚符破璽，而民樸鄙；刻鬥折衡，而民不爭；殫殘天下之聖法，而民始可與論議。擢亂六律，鑠絶竽瑟，塞瞽曠之耳，而天下始人含其聰矣；滅文章，散五彩，膠離朱之目，而天下始人含其明矣；毁絶鈎繩而弃規矩，攦工錘之指，而天下始人有其巧矣。庚：此上語本《莊子》。

看至此段，意趣暢然，逞着酒興，不禁提筆續曰：庚眉：趁着酒興不禁而續，是作（原作非）者自站地步處。謂余何人耶，敢續《莊子》？然奇極、怪極之筆，從何設想？怎不令人叫絶！□□己卯冬夜。◎蒙側：敢續。

焚花散麝，而閨閣始人含其勸矣；奇。戕寶釵之仙姿，灰黛玉之靈竅，喪減情意，而閨閣之美惡始相類矣。彼含其勸，則無參商之虞矣；戕其仙姿，無戀愛之心矣；灰其靈竅，無才思之情矣。彼釵、玉、花、麝者，皆張其羅而穴其隧，所以迷眩（九）纏陷天下者也。蒙側：見得透徹（原作測），恨不守此，人人同病。◎直似莊老，奇甚怪極之想！

續畢，擲筆就寢。頭剛着枕便忽然睡去，一夜不知所之，直至天明方醒。此猶算襲人之餘功也。想每日每夜，寶玉自是心忙身忙口忙之極，今則怡然自適。雖此一刻，于身心無所裨益，能有一時之閑閑自若，亦豈非襲卿所使然耶？翻身看時，祇見襲人和衣睡在衾上。神極之筆！試思襲人不來同卧，亦不成文字，來同卧更不成文。却云『和衣衾上』，正是來同卧不同卧之間，神奇妙絶之文！◎庚：好襲人！真好石頭！記得真好。述者述得不錯。真好！批者批得出。寶玉將昨日的事已付諸意外，庚眉：這亦暗透露玉兄閑窗净幾，不即（原作寂）不離之功（原作工）業。□□壬（原作午）午孟夏。◎更好！◎可見玉卿的是天真爛熳之人也，近之所謂呆公子，又曰老好人，又曰無心道人是也。殊不知尚古淳風。便推他說道：『起來好生睡，看凍着了。』

原來襲人見他無曉夜和姊妹厮鬧，若直勸他，料不能改，故用柔情以警之，料他不過半日片刻仍復好了。不想寶玉一晝夜竟不回轉，自己反不得主意，直一夜沒好生睡得。今忽見寶玉如此，料是他心意回轉，便越性不睬他。寶玉見他不應，便伸手替他解衣。剛解開了紐子，被襲人將手推開，庚側：好看煞！又自扣了。寶玉無法，衹得拉他的手笑道：『你到底怎麽了？』連問幾聲，襲人睜眼說道：『我也不怎麽。你睡醒了，你自過那邊房裏去梳洗，再遲了就趕不上。』庚眉：趙香梗先生《秋樹根偶譚》內，兗州少陵臺有子美祠（原作詞）爲郡守毀爲己祠（原作詞）。先生嘆子美生遭喪亂，奔走無家。孰料千百年後，數椽片瓦猶遭貪吏之毒手。甚矣，才人之厄也！因改公《茅屋爲秋風所破歌》數句，爲少陵（原作陸）解嘲：『少陵遺像太守欺無力，忍能對面爲盜賊，公然拆毀（原作折克）非己祠。旁（原作傍）人有口呼不得。夢歸來兮聞嘆息，白日無光天地黑。安得廣（原作曠）宅千萬間（原做官），太守取之不盡生歡（原作欽）顏，公祠免毀安如山。』讀（原作瀆）之令人感慨悲憤，心常耿耿。壬午九月，因索書甚迫，姑志于此，非批《石頭記》也。爲續《莊子因》數句。真是打破胭脂陣，坐透紅粉關。另開生面之文，無可評處。◎說得好痛快！寶玉道：『我過那裏去？』問得更好！襲人冷笑道：『你問我，庚側：三字如聞。我知道？你愛往那裏去，就往那裏去。從今咱們兩個丢開手，省得鷄聲鵝鬥，叫别人笑。横豎那邊膩了過來，這邊又有個什麽「四兒」「五兒」伏侍。我們這起東西，可是白「玷辱了好名好姓」的。』寶玉笑道：『你今兒還記着呢！』庚側：非渾人（原作一）。襲卿（原作純翠）那能至此！襲人道：『一百年還記着。比不得你，拿着我的話當耳旁風，夜裏說了，早起就忘了。』這方是正文，直勾起『花解語』一回文字。寶玉見他嬌嗔滿面，情不可禁，庚側：又用幻筆瞞過看官。便向枕邊拿起一根玉簪來，一跌兩段，說道：『我再不聽你說，就同這個一樣。』蒙側：迎頭一棒（原作捧）。襲人忙的拾了簪子，說道：『大清早起，這是何苦來！聽不聽什麼要緊，庚側：已留後文地步。◎蒙側：撞心兒盟誓，教人聽了折柔腸，好些不忍。也值得這種樣子。』寶玉道：『你那裏知道我心裏急！』襲人笑道：自此方笑。『你也知道着急麼！可知道我心裏怎麼樣？快起來洗臉去罷。』庚側：結得一星渣滓全無，且合怡紅常事。說着，二人方起來梳洗。

寶玉往上房去後，誰知黛玉走來，見寶玉不在房中，因翻弄案上書看，可巧翻出昨日的《莊子》來。看至所續之處，不覺又氣又笑，不禁也提筆續書雲：

無端弄筆是何人？作踐南華《莊子因》。

不悔自己無見識，却將醜語怪他人！庚眉：又借阿顰詩自相鄙駁，可見余前批不謬。□□己卯冬夜。◎寶玉不見詩，是後文餘步也。《石頭記》得力所在。□□丁亥夏，畸笏叟。◎罵得痛快，非顰兒不可。真好顰兒！若雲知音者，顰兒也。至此方完『箴玉』半回。◎庚：不用寶玉見此詩若長若短，亦是大手法。

寫畢，也往上房來見賈母，後往王夫人處來。

誰知鳳姐之女大姐病了，正亂着，請大夫來診過脈。大夫便說：『替夫人奶奶們道喜，姐兒發熱是見喜了，并非別病。』王夫人、鳳姐聽了，忙遣人問：『可好不好？』醫生回道：『病雖險，卻順，庚側：在『子嗣艱難』化出。倒還不妨。預備桑蟲、豬尾要緊。』鳳姐聽了，登時忙將起來。一面打掃房屋，供奉痘疹娘娘；一面傳與衆人，忌煎炒等物；一面命平兒打點鋪蓋衣服，與賈璉隔房；一面又拿大紅尺頭，與奶子、丫頭親近人丁裁衣。幾個『一面』寫得如見其景。外面又打掃淨室，款留兩個醫生，輪流斟酌診脈下藥，十二日不放回家去。賈璉衹得搬出外書房來齋戒，庚側：此二字內生出許多事來。鳳姐與平兒都隨着王夫人日日供奉娘娘。蒙側：寫盡母氏爲子之心。

那個賈璉，衹離了鳳姐便要尋事，獨寢了兩夜，便十分難熬，便暫將小廝們內有清俊的選來出火。不想榮國府內有一極不成器破爛酒頭廚子，名喚多官，妙名！◎庚：今是多多也，妙名。人見他懦弱無能，都喚他作『多渾蟲』。更好。渾蟲更多也。因他自小父母替他在外娶了一個媳婦，今年方二十來往年紀，生得有幾分人才，見者無不羨愛。他生性輕浮，最喜拈花惹草，多渾蟲又不理論，衹是有酒有肉有錢，便諸事不管了，所以榮、寧二府之人都得入手。因這個媳婦美貌异常，輕浮無比，衆人都呼他作『多姑娘兒』。更妙！如今賈璉在外熬煎，往日也曾見過這媳婦，失過魂魄，衹是內懼嬌妻，外懼孌寵，不曾下得手。那多姑娘兒也曾有意于璉，衹恨沒空。今聞賈璉挪在外書房來，他便沒事走三趟去招惹。惹的賈璉似饑鼠一般，少不得和心腹的小廝們計議，合同遮掩謀求，多以金帛相許。小廝們焉有不允之理，况都和這媳婦是好友，一說便成。是夜二鼓人定，多渾蟲醉昏在炕，賈璉便溜了來相會。進門一見其態，早已魂飛魄散，也不用情談款叙，便寬衣動作起來。誰知這媳婦有天生的奇趣，一經男子挨身，便覺遍身筋骨癱軟，淫極！虧想得出。使男子如卧綿上。如此境界，自勝西方、蓬萊等處。更兼淫態總爲後文寶玉一篇作引。浪言，壓倒娼妓。諸男子至此，豈有惜命者哉。庚側：涼水灌頂之句。那賈璉恨不得連身化在他身上。親極之語，趣極之語。那媳婦故作浪語，在下說道：『你家女兒出花兒，供着娘娘，你也該忌兩日，倒為我臟了身子。快離了我這裏罷。』庚側：淫婦勾人，慣加反語，看官着眼。賈璉一面大〔十〕動，一面喘吁吁答道：『你就是娘娘！我那裏還管什麽娘娘！』庚側：亂語不倫，的是有之。那媳婦越浪，賈璉越醜態畢露。可以噴飯。一時事畢，兩個又海誓山盟，難分難捨，庚側：着眼，再從前看，如何光景。◎蒙側：此種文字，亦不可少，請看者自度。自此後遂成相契。庚眉：一部書中，衹有此一段醜極太露之文，寫于賈璉身上，恰極！當極！□□己卯冬夜。◎看官熟思，寫珍、璉輩當以何等文，方妥、方恰也？□□壬午孟夏。◎此段系書中情之瘕疵，寫爲『阿鳳生日潑醋』回及『夭（原作一大）風流寶玉悄看晴雯回』作引，伏綫千裏外之筆也。□□丁亥夏，畸笏。◎趣文。『相契』作如此用，相契掃地矣。

一日，大姐毒盡瘢回，庚側：好快日子嚇！十二日後送了娘娘，合家祭天祀祖，還願焚香，慶賀放賞已畢，賈璉仍復搬進卧室。見了鳳姐，正是俗語雲：『新婚不如遠別』，更有無限恩愛，自不必煩絮。庚側：隱得好！

次日早起，鳳姐往上房去後，平兒收拾賈璉在外的衣服鋪蓋，不承望枕套中抖出一綹青絲來。平兒會意，忙拽在袖內，好極！不料平兒大有襲卿之身份，可謂何地無材，蓋遭際有別耳。便走至這邊房內來，拿出頭發來。向賈璉笑道：『這是什麼？』好看之極！賈璉看見着了忙，搶上來要奪。庚側：也有今日！平兒便跑，被賈璉一把揪住，按在炕上，用手要奪，口內笑道：『小蹄子，你不趁早拿出來，我把你膀子撅折了。』庚側：無情太甚！◎蒙側：此等人口中祇好説此等話。平兒笑道：『你就是沒良心的。我好意瞞着他來問你，你倒賭狠！等他回來告訴他，庚側：有是語。恐卿口不應心（原無）。看你怎麼着〔十一〕。』賈璉聽說，忙賠笑央求道：『好人，賞我罷，我再不賭狠了。』蒙側：彼此用强、用霸。◎好聽好看之極，迥不犯襲卿。

一語未了，祇聽鳳姐聲音進來。庚側：《石頭記》大法、小法，累累如是，并不爲厭。◎驚天駭地之文！不知下文如何了結，使賈璉及觀者一齊喪膽。平兒剛起身，鳳姐已走進來，命平兒快開匣子，替太太找樣子。平兒忙答應了找時，鳳姐見了賈璉，忽然想起來，便問平兒：『前兒拿出去的東西都收進來了麼？』平兒道：『收進來了。』鳳姐道：『可少什麼沒有？』平兒道：『我也怕丟下一兩件，細細的查了查，也不少。』鳳姐道：『不少就好，祇是別多出來罷？』庚側：看至此，寧不拍案叫絶！◎奇！平兒笑道：『不丟萬幸，誰還多添出些？』庚側：可兒，可兒！卿亦明知故説耳！鳳姐冷笑道：『這半個月難保幹淨，或者有相厚的丟失下的東西：戒指、汗巾、香袋兒，再至于頭發、指甲，都是東西。』蒙側：行文故犯，反覺别致。◎好阿鳳，令人膽寒。一席話，說的賈璉臉都黃了。賈璉在鳳姐身後，祇望着平兒殺鷄抹脖使眼色兒。蒙側：做丈夫者，要當自重。平兒祇裝着看不見，庚側：余自有三分主意。因笑道：『怎麼我的心就和奶奶的心一樣！我就怕有這個，留神搜了一搜，竟一點破綻也沒有。奶奶不信時，那些東西我還沒收呢，奶奶親自翻尋一遍去。』好平兒，遍天下懼内者來感謝。鳳姐笑道：『傻丫頭，可嘆可笑，竟不知誰傻。他便有這些東西，那裏就叫咱們翻着了！』好阿鳳，好文字，雖系閨中兒女口角小事，讀之不無聰明得失痴心真假之感。說着，尋了樣子上去了。

平兒指着鼻子，庚側：好看煞！晃着頭笑道：庚側：可兒（原作見），可兒（原作見）！『這件事怎麼回謝我呢？』嬌俏如見，迥不犯襲卿、麝月一筆。喜的個賈璉身癢難撓，庚側：不但賈兒癢癢，即批書人此刻幾乎落筆。試問看官：此際若何光景？跑上來摟着，『心肝腸肉』亂叫亂謝。平兒仍拿了頭發笑道：『這是我一生的把柄了。好就好，不好就抖出這事來。』賈璉笑道：『你衹好生收着罷，千萬別給他知道。』口裏說着，瞅他不防，便搶了過來，庚側：逼（原作畢）肖。璉兒不分玉石，但負我平姐。奈何，奈何！笑道：『你拿着終是禍患，不如我燒了他完事了。』妙！設使平兒收了，再不致泄漏，故仍用賈璉搶回，後文遺失，方能穿插過脉也。一面說着，一面便塞于靴掖内。平兒咬牙道：『沒良心的東西，過了河就拆橋，明兒還想我替你扯謊！』賈璉見他嬌俏動情，便摟着求歡，被平兒奪手跑了，急的賈璉彎着腰恨道：『死促狹小淫婦！一定浪上人的火來，他又跑了。』醜態如見，淫聲如聞，今古淫書未有之章法。平兒在窗外笑道：『我浪我的，誰叫你動火了？妙極之談。直是理學工夫，所謂不可正照風月鑒也。難道圖你庚側：阿平！『你』字似（原爲作）牽强，余（原作全）不畫押。一笑。受用一回（十二），叫他知道了，又不待〔十三〕見我。』鳳姐醋妒，于平兒前猶如是，況他人乎！余謂鳳姐必是甚于諸人，觀者不信，今平兒説出，然乎否乎？賈璉道：『你不用怕他，等我性子上來，把這醋罐打個稀爛，他才認得我呢！他防我像防賊的，祇許他同男人說話，不許我和女人說話。我和女人略近些，他就疑惑。他不論小叔子、侄兒，大的小的，說說笑笑，就不怕我吃醋了。蒙側：作者又何必如此想，亦犯此病也。以後我也不許他見人！』無理之甚，却是妙極趣談。天下懼内者背後之談皆如此。平兒道：『他醋你使得，你醋他使不得。他原行的正、走的正；你行動便有個壞心，連我也不放心，別說他了。』賈璉道：『你兩個一口賊氣。都是你們行的是，我凡行動都存壞心。多早晚都死在我手裏！』蒙側：一片俗氣。

一句未了，鳳姐走進院來，因見平兒在窗外，就問道：『要說話，兩個人不在屋裏說，怎麼跑出一個來，隔着窗子，是什麼意思？』賈璉在窗内接道：『你可問他，倒像屋裏有老虎吃他呢！』好！平兒道：『屋裏一個人沒有，我在他跟前做什麼？』鳳姐兒笑道：『正是沒人才好呢。』平兒聽說，便說道：『這話是說我呢？』鳳姐笑道：『笑』字妙！平兒反正色，鳳姐反賠笑，奇極！意外之文。『不說你說誰？』平兒道：『別叫我說出好話來了！』說着，也不打簾子讓鳳姐，自己先摔簾子進來，庚側：若在屋裏，何敢如此形景，不要加上許多小心？平兒，平兒！有你說嘴的！往那邊去了。鳳姐自掀簾子進來，說道：『平兒瘋魔了。這蹄子認真要降伏我，仔細你的皮要緊！』賈璉聽了，已絕倒在炕上，庚側：懼内形景寫盡了。拍手笑道：『我竟不知平兒這麼利害，從此倒服他了。』鳳姐道：『都是你慣的他，我衹和你說話！』賈璉聽說，忙道：『你兩個不卯，又拿我來作人。我躲開你們。』鳳姐道：『我看你〔十四〕躲到那裏去。』蒙側：世俗之態薰人。賈璉道：『我就來。』鳳姐道：『我有話和你商量。』不知商量何事，且聽下回分解。收後，淡雅之至。

正是：

淑女自來多抱怨，嬌妻從古便含酸。二語包盡古今萬世裙釵。

總評

不惜恩愛爲良人，方是温存一脉真。俗子妒婦渾可笑，語言偏自涉風塵。

校記

〔一〕此處的『都』字，原文爲『却』，據列藏本改。

〔二〕此處的『遞』字，原文爲『付』，據庚辰本改。

〔三〕此處的『掉下』二字，原文爲『吊下』，據庚辰本改。

〔四〕原文無『晚』字，據庚辰本補。
〔五〕原文無『你』字，據庚辰本補。
〔六〕此處的『怎麽了』字，原文爲『怎麽來』，據蒙府本改。
〔七〕原文無『見』字，據庚辰本補。
〔八〕原文無『因命四兒剪燈烹茶，自己看了一會《南華經》』句，據甲辰本補，其中『會』，原文爲『回』。
〔九〕此處的『眩』字，文中爲『眩』，爲諱『玄燁』（康熙之名）而少一點。
〔十〕此處『大』字，原文爲『火』，據列藏本改。
〔十一〕原文無『着』字，據庚辰本補。
〔十二〕此處『回』字，原文爲『面』，據蒙府本改。
〔十三〕此處『待』字，原文爲『得』，據蒙府本改。
〔十四〕原文無『你』字，據蒙府本補。

第二十二回

聽曲文寶玉悟禪機　制燈謎賈政悲讖語

【回前】禪理偏成曲調，燈謎巧隱讖言。其中冷暖自尋看，晝夜因循暗轉。

話說賈璉聽鳳姐兒說有話商量，因止步問是何話。鳳姐道：『二十一是薛妹妹的生日，好！你到底怎麼樣呢？』賈璉道：『我知道怎麼樣！你連多少大生日都料理過了，這會子倒沒了主意？』鳳姐道：『大生日料理，不過是有一定的則例在那裏。如今他這生日，大又不是，小又不是，所以和你商量。』有心機人在此。賈璉聽了，低頭想了半日道：『你今兒糊塗了。現有比例，那林妹妹就是例。往年怎麼給林妹妹過的，如今也照依給薛妹妹過〔一〕就是了。』此例引的極是。無怪賈政委以家政也。鳳姐聽了，冷笑道：『我難道連這個也不知道？我原也這麼想定了。但昨兒聽見老太太說，問起大家的年紀生日來，聽見薛大妹妹今年十五歲。雖不是整生日，也算得將笄之年。老太太說要替他做生日。想來若果然替他作，自然比往年與林妹妹不同了。』賈璉道：『既如此，比林妹妹的多增些。』鳳姐道：『我也這麼想着，所以討你的口氣。我若私自添了東西，你又怪我不告訴明白你了。』賈璉笑道：『罷，罷，這空頭情我不領。你不盤察我就夠了，我還怪你！』說着，一徑〔二〕去了，不在話下！庚眉：將薛、林作甄玉、賈玉看書，則不失執筆人本旨矣。□□丁亥夏，畸笏叟。◎一段提綱寫得如見如聞，且不失前篇懼内之旨。最奇者，黛玉乃賈母溺愛之人也，不聞爲他作生辰，却雲特意與寶釵，實非人想得着之文也。此書通部皆用此法，瞞過多少見者，余故雲不寫而寫是也。

且說史湘雲住了幾日，因要回去。賈母因說：『過了你寶姐姐的生日，看了戲再回去。』史湘雲聽了，祇得住下。又一面遣人回去，將自己舊日作的兩色針綫活計取來，為寶釵生辰之儀。

誰想賈母自見寶釵來了，喜他穩重和平，四字評倒黛玉，是以特從賈母眼中寫出。正值他才過第一個生辰，便自己蠲資二十兩，庚眉：前看鳳姐問璉做生日數語甚泛泛，至此見賈母蠲資，方知作者寫阿鳳心機，無絲毫漏筆。□□己卯冬夜。◎寫出太君高興，世家之常事耳。喚了鳳姐來，交與他置酒戲。鳳姐湊趣笑道：『一個老祖宗給孩子們做生日，庚側：家常話，却是空中樓閣，陡然架起。不拘怎樣，誰還敢爭，又辦什麼酒戲？既高興要熱鬧，就說不得自己花上幾兩。巴巴的找出這霉爛的二十兩銀子來作東道〔三〕，這意思還叫我賠上。果然拿不出來也罷了，金的、銀的、圓的、匾的，壓塌了箱子底，庚眉：小科諢解頤，却爲『借當』伏綫。□□壬午九月。祇是勒掯我們。舉眼看看，誰不是兒女？難道將來祇有寶兄弟頂了你老人家上五臺山不成？那些體己〔四〕，祇留于他，我們如今雖不配使，也別苦了我們。這個夠酒的？夠戲的？』說的滿屋裏都笑起來。賈母亦笑道：『你們聽聽這嘴！我也算會說的，怎麼說不過這猴兒。你婆婆也不敢強嘴，你和我梆梆的。』鳳姐笑道：『我婆婆也是一樣的疼寶玉，我也沒處去訴冤，倒說我強嘴。』說着，又引賈母笑了一回，（庚側：正文在此一句。）賈母十分喜悅。

到晚間，衆人都在賈母前，定昏之餘，大家娘兒姊妹等說笑時，賈母因問寶釵愛聽何戲，愛吃何物等語。寶釵深知賈母年老人，喜熱鬧戲文，愛甜爛之食，便總依賈母往〔五〕日所喜者說了出來。（看他寫寶釵，比顰兒如何？）賈母更加歡悅。次日便先送過衣服玩物禮去，王夫人、鳳姐、黛玉等諸人皆有，隨分不一，不須多記。

至二十一日，就賈母內院中搭了家常小巧戲臺，（另有大禮所用之戲臺也，侯門風俗斷不可少。）定了一班新出小戲，昆弋兩腔皆有。（是賈母好熱鬧之故。）就在賈母上房排了幾席家宴酒席，（是家宴，非東閣盛設也，非世代公子再想不及此。）并無一個外客，衹有薛姨媽、史湘雲、寶釵是客，餘者皆是自己人。（將黛玉亦算爲自己人，奇甚！）這日早起，寶玉因不見林黛玉，（又轉至黛玉，文字亦不可少矣。）便到他房中來尋，衹見林黛玉歪在炕上。寶玉笑道：『起來！吃飯去，就開戲了。你愛看那一出？我好點。』林黛玉冷笑道：『你既這樣說，你特叫一班戲，揀我愛的唱給我看。這會子犯不上跐着人借光兒問我。』（好聽之極，令人絶倒。）寶玉笑道：『這有什麼難的。明兒就這樣行，也叫他們借咱們的光兒。』一面說，一面拉他起來，攜手出去。

吃了飯，點戲時，賈母一定先叫寶釵點。寶釵推讓一遍，無法，祇得點了一折《西游記》。是順賈母之心也。賈母自是歡喜，然後命鳳姐點。鳳姐亦知賈母喜熱鬧，更喜謔笑科諢，庚眉：鳳姐點戲，脂硯執筆事，今知者寥寥（原作聊聊）矣，寧（原無）不悲（原作怨）夫！ ◎前批書知（原無）者寥寥（原作聊聊）。今丁亥夏，祇剩朽物一枚，寧不痛乎！ ◎靖眉：鳳姐點戲，脂硯執筆事，今知者寥寥（原作聊聊）矣，寧（原無）不悲（原作怨）夫！前批知者寥寥（原作聊聊）。不數年，芹溪、脂硯、杏齋諸子皆相繼別去。今丁亥夏，祇剩朽物一枚，寧不痛殺！ ◎寫得周到，想得奇趣，實是必真有之。便點了一出《劉二當衣》。賈母果真更又加喜歡，然後命黛玉。先讓鳳姐點者，是非待鳳先而玉後也。蓋亦素喜鳳嘲笑得趣之故，今故命彼點，彼亦自知，并不推讓，承命一點，便合其意。此篇是賈母取樂，非禮筵（原作進）大典，故如此寫。黛玉因讓薛姨媽、王夫人等。賈母道：『今日原是我特帶着你們取笑，咱們祇管咱們的，別理他們。我巴巴的唱戲擺酒，為他們不成？他們在這裏白聽白吃，已經便宜，還讓他們點呢？』說着，大家都笑了。黛玉方點了一出。不題何戲，妙！蓋黛玉不喜看戲也。正是與後文『妙曲警芳心』留地步，正見此時不過草草隨衆而已，非心之所願也。然後寶玉、史湘雲、迎、探、惜、李紈等俱各點了，接出扮演。

至上酒席時，賈母又命寶釵點。寶釵點了一出《魯智深醉鬧五臺山》。寶玉道：『祇好點這些戲。』寶釵道：『你白聽了這幾年戲，那裏知道這出戲的好處，排場又好，詞藻更妙。』寶玉道：『從來怕這些熱鬧。』寶釵笑道：『要說這一出熱鬧，你還算不知戲呢。是極！寶釵可謂博學矣，不似黛玉祇一《牡丹亭》，便心身不自主矣。真有學問如此，寶釵是也。你過來，告訴你，這一出熱鬧戲，是一套北《點絳唇》，鏗鏘頓挫，韵律不用說是好的了；祇那詞藻中有一支《寄生草》，填的極妙，你何曾知道。』寶玉見說的這般好，便湊近〔六〕來央告：『好姐姐，念與我聽聽。』寶釵便念道：

漫搵英雄淚，相離處士家。謝慈悲、剃度在蓮臺下。没緣法、轉眼分離乍。赤條條來去無牽挂。那裏討、烟蓑雨笠捲單行？一任俺、芒鞋破鉢隨緣化！此闋出自《山門》傳奇。近之唱者將『一任俺』改爲『早辭却』，無理不通之甚。必從『一任俺』三字，則『隨緣』二字方不脱落。

寶玉聽了，喜的拍膝畫圈，稱賞不已，又贊寶釵無書不知。林黛玉道：『安靜看戲罷，還無唱《山門》，你倒《妝瘋》了。』趣語！今古利口莫過于優伶，此一詼諧，優伶亦不如此急速得趣，可謂才人百技也。一段醋意已見。說的湘雲也笑了。于是大家看戲。

至晚散時，賈母深愛那作小旦的與一個作小醜的，因命人帶進來。細看時，益發可憐見。是賈母眼中。因問年紀，那小旦才十一歲，小醜才九歲，大家嘆息一回。賈母命人另拿些肉菜與他兩個，又另外賞錢兩串。鳳姐笑道：『這個孩子扮上活像一個人，庚側：明明不叫人說出。你們再看不出來。』寶釵心裏也知道，便一笑不肯說。寶釵如此。寶玉也猜着了，亦不敢說。不可少。史湘雲接着笑道：『倒像林妹妹的模樣兒。』庚側：『事無不可對人言』。◎口直心快，無有不可說之事。寶玉聽了，忙把湘雲瞅了一眼，使個眼色。衆人卻都

庚眉：湘雲、探春二卿正『事無不可對人言』之（原無）芳性。□□丁亥夏，畸笏叟

聽了這話，留神細看，都笑起來了，說果然不錯。一時散了。

晚間，史湘雲更衣時，便命翠縷把衣包打開收拾，都包了起來。翠縷道：『忙什麼，等去的日子再包不遲。』湘雲道：『明兒一早就走。在這裏做什麼？看人家的鼻子眼睛，什麼意思！』（此是真惱，非顰兒之惱可比，然錯怪寶玉矣。亦不可不惱。）寶玉聽了這話，忙趕近前拉他，說道：『好妹妹，你錯怪了我。林妹妹是個多心的人。別人分明知道，不肯說出來，也皆因怕他惱。誰知你不防頭就說了出來，他豈不惱你？我是怕你得罪了人，所以才使眼色。你這會子惱我，不但辜負了我，而且反倒委屈了我。若是別人，那怕他得罪了十個人，與我何幹呢？』湘雲摔手道：『你那花言巧語別哄我。我也原不如你林妹妹，別人說他，拿他取笑都使得，祇我說了就有不是。我原不配說他，他是小姐主子，我是奴才丫頭，得罪了他，使不得！』寶玉急的說道：『我倒是為你，反為出不是來。我要有外心，（庚側：玉兄急了。）立刻化成灰，叫萬人踐踹！』（千古未聞之誓，懇切盡情。寶玉此刻之心爲何如？）湘雲道：『大正月裏，少信嘴胡說。（庚側：回護石兒。）這些沒要緊的〔七〕惡誓、散話、歪話，說給那些小性兒、行動愛惱的人、會轄治你的人（庚側：此人爲誰？）聽去！別叫我啐你。』說着，一徑至賈母裏間，忿忿的躺着去了。

寶玉沒趣，祇得又來尋黛玉。剛到門檻前，黛玉便推出來，將門關上。寶玉又不解何意，在窗外祇是吞聲叫『好妹妹』。黛玉總不理他。寶玉悶悶的垂頭自審。襲人早知端的，當此時斷不能勸。寶玉在此時一勸便惱了，襲人見機甚妙！那寶玉祇呆呆的站着。黛玉祇當他回房去了，起來開門，祇見寶玉還站着在那裏。黛玉反不好意思，不好再關，祇得抽身上床歪着。寶玉隨進來問道：『凡事都有個原故，說出來，人也不委屈。好好的就惱了，終究是為什麼起？』林黛玉冷笑道：『問的我倒好，我也不知為什麼。我該給你們取笑兒的？拿着我比戲子給衆人取笑。』寶玉道：『我并沒有比你，我并沒有笑，為什麼惱我呢？』黛玉道：『你還要比？你還要笑？庚側：可謂『官斷十條路』是也。你不比不笑，比人比了笑了的還利害呢！』寶玉聽說，無可分辨，不嘖一聲。庚眉：此書如此等文章多多，不能枚（原作救）舉。機括神思，自從天份而有。其毛錐寫人，口氣傳神攝魄處，怎不令人拍案稱奇叫絕！□□丁亥夏，畸笏叟。◎何便無言可辨？真令人不解。前文湘雲方來，『正言彈妒意』一篇中，顰、玉角口後收至褂子一篇，余已注明不解矣。回思自心自身是玉、顰之心，則洞然可解，否則無可解也。身非寶玉，則有辨有答；若是寶玉則再不能辨不能答，何也？總在二人心上想來。

黛玉又道：『這一節還可恕。再你為什麼又和雲兒使眼色？這安的是什麼心？莫不是他和我玩，他就自輕自賤了？他原是公侯的小姐，我原是貧民的丫頭，他和我玩，設如我回了口，豈不他自惹輕賤呢，是這主意不是？這卻也是你的好心，祇是那一個偏又不領你這好情，一般也惱了。顰兒自知雲兒惱，用心甚矣。你又拿我作情，倒說我小性兒，顰兒却又聽見，用心甚矣。行動肯惱。又怕他得罪了我，惱他。我惱他，與你何幹？他得罪了我，又與你何幹？』庚眉：神工乎？鬼工乎？文思至此盡矣！□□丁亥夏，畸笏。◎問的却極是，但未必心應。若能如此，將來淚盡夭亡已化烏有，世間亦無此一部《紅樓夢》矣！

寶玉見說，方才與湘雲私談，他已聽見了。細想自己原為他二人怕生隙，方在中調和，不想并未調和成功，反已落了兩處的貶謗。正與前日所看《南華經》上，有『巧者勞而智者憂，無能者無所求，飽食而遨游，泛若不系之舟』；又曰『山木自寇，按原注：山木，漆樹也。精脉自出，豈人所使之？故雲『自寇』，言自相戕賊也。源泉自盗』等語。源泉味甘，然後人爭取之，自尋幹涸也，亦如山木，意皆寓人智能聰明，多知之害也。前文雲無心看《南華經》，不過因（原無）襲人等惱時，無聊之甚，偶以釋悶耳。殊不知用于今日，大解悟大覺迷之功甚矣。市徒見此必雲：前日看的是外篇《胠篋》，如何今日又知若許篇，然則彼時祇曾看外篇數語乎？想其理自然默默看過幾篇，適至外篇，故偶觸其機，方續之也。若雲祇看了那幾句便續，則寶玉彼時之心是有意續《莊子》，并非釋悶時偶續之也。且更有見前所續，則曰續的不通，更可笑矣。試思寶玉雖愚，豈有安心立意與莊叟爭衡哉？且寶玉有生以來，此身此心為諸女兒應酬不暇，眼前多少現成（原作無）有益之事尚無暇去做，豈忽然要分心于腐言糟粕之中哉？可知除閨閣外，并無一事是寶玉立意做出來的。大則天地陰陽，小則功名榮枯，以及吟篇琢句，皆是隨分觸情。偶得之，不喜；失之，不悲。若當作有心，則謬矣。祇看大觀園題咏之文，已算平生得意之句、得意之事矣。然亦總不見再吟一句，再題一事，據此可見矣。然後可知前夜是無心順手拈了一本《莊子》在手，且酒興醺醺，芳愁默默，順手不計工拙，草草一續也。若使順手拈一本近時鼓詞，或如『鐘無艷赴會，齊（原作其）太子走國』等草野風邪之傳，必亦續之矣。觀者試看此批，然後謂余不謬。所以可恨者，彼夜却不曾拈了《山門》一出傳奇。若使《山門》在案，彼時拈着，又不知于《寄生草》後，續出何等超凡入聖大覺大悟諸語録來。黛玉一生是聰明所誤，寶玉是多事所誤。多事（原無）者，情之事也，非世事也。多情曰多事，亦宗《莊》筆而來，蓋余亦偏矣，可笑。阿鳳是機心所誤，寶釵是博知所誤，湘雲是自愛所誤，襲人是好勝所誤。皆不能跳出于莊叟言外，悲亦甚矣。再筆。因此越想越無趣。再細想來，目下不過這兩個人，尚未應酬妥協，將來猶欲為何？

看他祇這一筆。寫得寶玉又如何用心于世道。言閨中紅粉尚不能周全，何碌碌偺欲治世待人接物哉？視閨中自然如兒戲，視世道如虎狼矣，誰雲不然？想到其間，也毋庸分辨回答，自己轉身回房來。顰兒雲『與你何幹』，寶玉如此一回則曰『與我何幹』，可也。口雖未出，心已悟矣，但恐不常耳。若常存此念，無此一部書矣。看他下文如何轉折。林黛玉見他去了，便知回思無趣，賭氣去了，一言也不曾發，不禁自己越發添了氣，祇此一句，又勾起波浪。去則去，來則來，又何氣哉？總是斷不了這根孽腸，忘不了這個禍害，既無而又有也。便說道：『這一去，一輩子也別來，也別說話。』

寶玉不理，此是極心死處，將來如何？回房躺在床上，祇是瞪瞪的。襲人深知原委，不敢就說，一說就惱。祇得以他事來解釋，因笑道：『今兒看了戲，又勾出幾天戲來。寶姑娘一定要還席的。』寶玉冷笑道：『他還不還，管誰什麼相幹。』大奇大神之文。此『相幹』之語，仍是近文與顰兒之語之『相幹』也。上文來說，終存于心，却于寶釵身上發泄。素厚者，惟顰、雲，今爲彼等尚存此心，況于素不相契者，有不直言者乎？情理筆墨，無不盡矣！襲人見這話不是往日口吻，因又笑道：『這是怎麼說？好好的大正月裏，娘兒姊妹們都喜喜歡歡，你又怎麼這個形景了？』寶玉冷笑道：『他們娘兒們、姊妹們歡喜不歡喜，也與我無幹。』先及寶釵，後及衆人，皆一顰之禍流毒于衆人，寶玉之心實僅有一顰乎？襲人笑道：『他們既隨和，你也隨和，豈不大家彼此有趣。』寶玉道：『什麼是「大家彼此」！他們有「大家彼此」，我是「赤條條來去無牽挂」。』拍案叫好。當此一發，西方諸佛亦來聽此棒喝，參此語録。談及此句，不覺淚下。還是心中不净不了，斬不斷之故。襲人見此景況，不肯再說。寶玉細想這一句趣味，不禁大哭起來。此是忘機大悟，世人所謂瘋癲是也。翻身起來至案，遂提筆立占一偈雲：

你證我證，心證意證。

是無有證，斯可雲證。

無可雲證，是立足境。已悟已覺，是好偈矣。寶玉悟禪亦由情，讀書亦由情，讀《莊》亦由情，可笑。

寫畢，自雖解悟，又恐人看此不解，自悟則自了，又何用人亦解哉？此正是猶未正覺大悟也。因此亦填一支《寄生草》，也寫在偈後。此處亦續《寄生草》。余前批雲不曾見續，今却見之，是意外之幸也。蓋前夜《莊子》是道悟，此日是禪悟，天花散漫之文也。自己又念一遍，自覺無挂礙，心中自得，便上床睡了。前夜已悟，今夜又悟，二次翻身不出，故一世墮落無成也。不寫出曲文何辭，却要留與寶釵眼中寫出，是交代過節也。

誰想黛玉見寶玉此番果斷而去，故以尋襲人為由，來視動靜。這又何必，總因慧刀不利，未斬毒龍之故也。大都如此，可嘆！襲人笑回：『已經睡了。』黛玉聽說，便要回去。襲人笑道：『姑娘請站住，有一個字帖兒，瞧瞧是什麼話。』說着，便將方才那曲子與〔八〕偈語悄悄拿來，遞與黛玉看。黛玉看了，知是寶玉因一時感忿而作，不覺可笑可嘆，是個善知覺。何不趁此大家一解，齊證上乘，甘心墮落迷津哉？便向襲人道：『作的是玩意兒，無甚關系。』黛玉說無關系，將來必無關系。余正恐顰、玉從此一悟，則無妙文可看矣。不想顰兒視之爲漠然，更曰『無關系』，可知寶玉不能悟也。余心稍慰。蓋寶玉一生行爲，顰知最確，故余聞顰語則信而又信，不必寶玉而後證之方信也。墮迷津生出孽障，余心甚不公矣。世雲損人利己者，余此願是矣。試思之可發一笑。今自呈于此，亦可爲後人一笑，以助茶前酒後之興耳。今而後天地間豈不又添一趣談乎？凡書皆以趣談讀去，其理自明，其趣自得矣。說畢，便攜了回房去，與湘雲同看。却不同湘雲分爭，有趣。次日又與寶釵看。寶釵看其詞曰：（出自寶釵目中，正是大關鍵處。）

無我原非你，從他不解伊。肆行無礙憑來去。茫茫着甚悲愁喜，紛紛說甚親疏密。從前碌碌却何因，到如今，回頭試想真無趣！（看此一曲，試思作者當日發願不作此書，却立意要作傳奇，則又不知有如何詞曲矣！）

看畢，又看那偈語，又笑曰：『這個人悟了。都是我的不是，都是我昨兒一支曲子惹出來的。這些道書禪機，最能移性。（拍案叫絶。此方是大悟徹語録，非寶卿不能談此也。）明兒認真說起這些瘋話來，存了這個意思，都是從我這一支曲子上來，我成了個罪魁了。』說着，便扯了個粉碎，遞與丫頭們：『快燒了罷。』黛玉笑道：『不該撕，等我問他。你們跟我來，包管叫他收了這痴心邪話。』

三人果然都往寶玉屋裏來。一進來，黛玉便笑道：『寶玉，我問你：至貴者是「寶」，至堅者是「玉」。你有何貴？你有何堅？』（拍案叫絶。大和（原作都）尚來（原作未）答此機鋒，想亦不能答也。非顰兒，第二人無此靈心慧性也。）寶玉竟不能答。三人拍手笑道：『這樣鈍愚，還參禪呢！』黛玉又道：『你那偈末雲：「無可雲證，是立足境」，固然好了，祇是據我看，還未盡善。我再續二句在後。』因念雲：『無立足境，是方幹淨。』（拍案叫絶，此又深一層也。亦如諺雲：『去年貧，祇立錐；今年貧，錐也無。』其理一也。）寶釵道：『實在這方悟徹。當日南宗六祖惠能，初尋師至韶州，聞五祖弘（九）忍在黃梅，他便充役火頭僧。五祖欲求法嗣，令徒弟諸僧各出一偈。上座神秀說道：「身是菩提樹，心如明鏡臺，時時勤拂拭，莫使有塵埃。」彼時惠能在廚房碓米，（庚眉：用得妥當之極！）聽了這偈，說道：「美則美矣，了則未了。」因自念一偈曰：「菩提本非樹，明鏡亦非臺，本來無一物，何處染塵埃？」五祖便將衣鉢傳他。』（出語録。總寫寶卿博學宏覽，勝諸才人；顰兒却聰慧靈智，非學力所致：皆絶世絶倫之人也。寶玉寧不愧殺！）今兒這偈語，亦同此意了。衹是方才這句機鋒〔十〕，尚未完全了結，這便丢開手不成？』黛玉笑道：『彼時不能答，就算輸了，這會子答上了也不為出奇。衹是以後再不許談禪了。連我們兩個所知的所能的，你還不知不能呢，還去參禪呢？』寶玉自己以〔十一〕為覺悟，不想忽被黛玉一問，便不能答；寶釵又比出『語錄』來，此皆素不見他們能者。自己想了一想：『原來他們比我的知覺在先，尚未解悟，我如今何必自尋苦惱。』（庚眉：前以《莊子》爲引，故偶續之。又借顰兒詩一鄙駁，兼不寫着落，以爲瞞過看官矣。此回用若許曲折，仍用老莊引出一偈來，再續一《寄生草》，可爲大覺大悟矣（原作已）。以之上承果位，以後無書可作矣。却又輕輕用黛玉一問機鋒，又續偈言二句，并用寶釵講五祖、六祖問答二實偈子，使寶玉無言可答，仍將一大善知識，始終跌不出警幻幻榜中，作下回若幹回書。真有機心游龍不測（原作則）之勢，安得不叫絶！且歷來小說中萬寫不到者。□□己卯冬夜。）想畢，便笑道：『誰又參禪，不過一時玩話罷了。』說着，四人仍復如舊。（輕輕抹去也。『心净難』三字不謬。）

忽然人報，娘娘差人送出一個燈謎來，命你們大家去猜，猜着了，每人也作一個進去。四人聽說，忙來至賈母上房。衹見一個小太監，拿了一盞四角平頭紅紗燈，專為燈謎而制，上面已有一個，衆人都爭看亂猜。小太監又下諭道：『衆小姐猜着了，不要說出來，每人祇暗暗的寫在紙上，一齊封進宮去，娘娘自驗是否。』寶釵等聽了，近前一看，是一首七言絶句，并無甚新奇。口中少不得稱贊，祇說難猜，故意尋思，其實一見便猜着了。寶玉、黛玉、湘雲、探春（此處透出探春，正是草蛇灰綫，後文方不突然。）四個人也都解了，各自暗暗的寫了半日。一并將賈環、賈蘭等傳來，一齊各揣心機（寫出猜謎人形景，看他偏于兩次禪機後，寫此心機事，足見用意至深至遠。）都猜了，寫在紙上。然後各人拈一物作成一謎，恭楷寫了，挂在燈上。

太監去了，至晚出來傳諭：『前娘娘所制，俱已猜着，惟二小姐與三爺猜的不是。（迎春、賈環也。交錯有法。）小姐們作的也都猜了〔十二〕，不知是否。』說着，已將寫的拿出來。也有猜着的，也有猜不着的，都胡亂說猜着了。太監又將頒賜之物送與猜着之人，每人一個宮制詩筒，（詩筒，身邊所佩之物，以待偶成之句草録暫收之，其歸至窗前不致有亡也。或茜牙成，或琢香屑，或以綾素爲之不一，想來奇特事，從不知也。）一柄茶筅，（破竹如帚，以净茶具之積也。二物極微極雅。）獨迎春、賈環二人未得。迎春自為玩笑小事，并不介意，（大家小姐。）賈環便覺得沒趣。且又聽太監說：『三爺說的這個不通，娘娘也沒猜，叫我帶回問三爺是個什麼。』衆人聽了，都來看他作的是什麼，寫道是：

大哥有角祇八個，二哥有角祇兩根。

　　大哥衹在床上坐，二哥愛在房上蹲。（可發一笑，真環哥之謎。諸卿勿笑，難爲了作者摹擬。）

衆人看了，大發一笑。賈環衹得告訴太監說：『一個枕頭，一個獸頭。』（虧他好才情，怎麼想來！）太監記了，領茶而去。

賈母見元春這般有興，自己越發喜歡。便命速作一架小巧精致圍屏燈來，設于堂屋，命他姊妹各自暗暗的作了，寫出來粘于屏上，然後預備下香〔十三〕茶細果以及各色玩物，為猜着之賀。賈政朝罷，見賈母高興，況在節間，晚上也來承歡取樂。設了酒果，備了玩物，上房懸了彩燈，請賈母賞燈取樂。

上面賈母、賈政、寶玉一席，下面王夫人、寶釵、黛玉、湘雲又一席，迎、探、惜三人又一席。地下婆娘、丫鬟站滿。李宮裁、王熙鳳二人在裏間又一席。（庚側：細致！）賈政因不見賈蘭，便問：『怎麼不見蘭哥？』（看他透出賈政極愛賈蘭。）地下婆娘忙進裏間問李氏，李氏起身笑着回道：『他說方才老爺并沒去叫他，他不肯來。』婆娘回復了賈政。衆人都笑說：『天生的牛心古怪。』賈政忙遣賈環與兩個婆娘將賈蘭喚來。賈母命他在身旁坐了，抓果子與他吃。

大家說笑取樂。往常間衹有寶玉長談闊論，今日賈政在這裏，惟有唯唯而已。（寫寶玉如此，非世家曾經嚴父之訓者，斷寫不出此二句。）餘者湘雲雖系閨閣弱女，卻素喜談論，今日賈政在席，也自緘口〔十四〕禁言。（非世家經明訓者，斷不知此一句。寫湘雲如此。）黛玉本性懶與人共，原不肯多話。黛玉如此，與人多話則不肯，豈得與寶玉話更多哉？寶釵原不妄言輕動，便此時亦是坦然自若。瞧他寫寶釵，真是又曾經嚴父慈母之明訓，又是公府千金，自己又天性從禮合節，前三人之長并歸于一身。前三人向有捏作之態，故惟寶釵一人作坦然自若，亦不見逾規越矩也。故此一席雖是家常取樂，反見拘束不樂。非世家公子，斷寫不及此。想近時之家，縱其兒女哭笑索飲，長者又以爲樂，其無禮不法，何如是耶！賈母亦知因賈政一人在此所致之故，這一句又明補出賈母亦是世家明訓之千金也，不然，斷想不及此。酒過三巡，便攆賈政去歇息。賈政亦知賈母之意，攆了自己去後，好讓他們姊妹、兄弟取樂的。賈政忙賠笑道：『今日原聽見老太太這裏大設春燈雅謎，故也備了彩禮酒席，特來入會。何疼孫子孫女之心，便不略賜以兒子半點？』賈政如此，余已泪下。賈母笑道：『你在這裏，他們都不敢說笑，沒的倒叫我悶。你要猜謎時，我便說一個你猜，猜不着是要罰的。』賈政忙笑道：『自然要罰。若猜着了，也是要領賞的。』賈母道：『這個自然。』說着便念道：

猴子身輕站樹梢。所謂『樹倒猢猻散』是也。

——打一果名的是賈母之謎。

賈政已知是荔枝，便故意亂猜別的，罰了許多東西；然後方猜着，也得了賈母的東西。然後也念一個與賈母猜，念道：

身自端方，體自堅硬。
雖不能言，有言必應。
——打一用物好極！的是賈老之謎，包藏賈府祖宗自身，『必』字暗隱『筆』字。妙極！

說畢，便悄悄的說與了寶玉。寶玉意會，又悄悄的告訴了賈母。賈母想了想（十五），庚側：太君身份。果然不差，便說：『是硯臺。』賈政笑道：『到底是老太太，一猜就是。』回頭說：『快把賀彩送上來。』地下婦女答應一聲，大盤小盤一齊捧上。賈母逐件看去，都是燈節下所用所玩新巧之物。甚喜，遂命：『給你老爺斟酒。』寶玉執壺，迎春送酒。

賈母因說：『你瞧瞧那屏上，都是他姊妹們做的，再猜一猜我聽。』賈政答應，起身走至屏前，祇見第一個寫道是：

能使妖魔膽盡摧，身如束帛氣如雷。
一聲震得人方恐，回首相看已化灰。此元春之謎。才得僥幸，奈壽不長，深可悲哉！

賈政道：『這是爆竹嚇。』寶玉答道：『是。』賈政又看，道是：

天運人功理不窮，有功無運也難逢。

因何鎮日紛紛亂，祇爲陰陽數不同。此迎春一生遭際，惜不得其夫何！

賈政道：『這是算盤。』迎春笑道：『是。』又往下看，道是：

階下兒童仰面時，清明妝點最堪宜。

游絲一斷〔十六〕渾無力，莫向東風怨別離。此探春遠適之讖也。使其人不遠去，將來事敗，諸子孫不致流散也，悲哉傷哉！

賈政道：『這是風箏。』探春笑答：『是。』又看，道是：

前身色相總無成，不聽菱歌聽佛經。

莫道此生沉墨海，性中自有大光明。庚側：此後破失，俟再補。◎此惜春爲尼之讖也。公府千金至緇衣乞食，寧不悲夫！

賈政道：『這是佛前海燈嚇。』惜春笑答道：『是海燈。』

賈政心內沉思道：『娘娘所作爆竹，此乃一響而散之物。迎春所作算盤，是打動亂如麻。探春所作風箏，乃飄飄浮蕩之物。惜春所作海燈，益發清淨孤獨。今乃上元佳節，如何皆用此不祥之物為戲耶？』心內愈思愈悶。因在賈母之前，不敢形于色，祇得仍勉強往下看去。祇見後面寫着七言律詩一首，卻是寶釵所作，遂念道：

朝罷誰攜兩袖烟，琴邊衾裏總無緣。
曉籌不用鷄人報，五夜無煩侍女添。
焦首朝朝還暮暮，煎心日日復年年。
光陰荏苒須當惜，風雨陰晴任變遷。庚眉：暫記寶釵制謎云。◎辰：此黛玉一生愁緒之意。

賈政看完，心内自忖道：『此物還倒有限。衹是小小之人，作此詩句，更覺不祥，皆非永遠福壽之輩。』想到此處，愈覺煩悶，大有悲戚之狀，因而將適才的精神減去十之八九，衹垂頭沉思。

賈母見賈政如此光景，想到〔十七〕或是他身體勞乏亦未可定，又兼恐拘束了衆姊妹不得高興玩耍，即對賈政云：『你竟不必猜了，去安歇罷。讓我們再坐一會，也好散了。』賈政一聞此言，連忙答應幾個『是』字，又勉強勸了賈母一回酒，方才退出去了。回至房中，衹是思索，翻來復去竟難成寐，不由傷悲感慨，不在話下。

且說賈母見賈政去了，便道：『你們可自在樂一樂罷。』一言未了，早見寶玉跑至圍屏燈前，指手畫腳，滿口批評，這個這一句不好，那一個作的不恰當，如同開了籠的猴子一般。寶釵便道：『還像適才坐着，大家說說笑笑，豈不斯文些兒。』鳳姐自裏間忙出來插口道：『你這個人，就該老爺每日令你寸步不離方好。適才我忘了，為什麼不當着老爺，攛掇叫你也作詩謎兒。若如此，怕不得這會子正出汗呢。』說的寶玉急了，扯着鳳姐兒，扭股兒糖似的衹是厮纏。賈母又與李宮裁并衆姊妹說笑了一回，也覺有些困倦起來。聽了聽已是漏下四鼓，命將食物撤去，賞散與衆人，遂起身道：『我們安歇罷。明日還是節下，該當早起。明日晚間再玩罷。』且聽下回分解。

總評

作者具菩提心，捉筆現身說（原作設）法，每于言外警人，再三再四，而讀者但以小說古（原作鼓）詞目之，則大罪過。其先以《莊子》爲引，及偈曲句作醒悟之語，以警覺世人，猶恐不入，再以燈謎伸詞致意，自解自嘆，以不成寐爲言，其用心之切之誠，讀者忍不留心而慢忽之耶？

庚：此回未成而芹逝矣，嘆嘆！丁亥夏，畸笏叟。

校記

〔一〕原文無『過』字，按庚辰本補。
〔二〕此處的『徑』字，原文爲『竟』，據夢稿本改。
〔三〕此處的『東道』二字，原文爲『東西』，據庚辰本改。
〔四〕此處的『體己』，原文爲『兄弟』，蒙府本爲『東西』，據庚辰本改。
〔五〕此處的『往』字，原文爲『向』，據庚辰本改。
〔六〕此處的『近』字，原文爲『進』，據列藏本改。
〔七〕原文無『的』字，按庚辰本補。
〔八〕原文無『與』字，按庚辰本補。
〔九〕此處的『弘』因諱『弘歷』（乾隆之名），故缺一筆。
〔十〕文中『機鋒』，原文爲『譏諷』，據列藏本改。
〔十一〕原文無『以』字，按夢稿本補。
〔十二〕此處的『猜了』，原文爲『猜着了』，據夢稿本改。
〔十三〕此處的『香』字，原文爲『看』，據庚辰本改。
〔十四〕此處的『也自緘口』，原文爲『也是插口』，據庚辰本改。

〔十五〕此處的『想了想』，原文爲『想了』，據庚辰本改。
〔十六〕詩中『斷』字，原文爲『段』，據蒙府本改。
〔十七〕此處的『想到』二字，原文爲『想道』，據蒙府本改。

第二十三回

西廂記妙詞通戲語　牡丹亭艷曲警芳心

【回前】群艷大觀中，柳弱系輕風。惜花與度曲，笑看利名空。

話說賈元春自那日幸大觀園回宮去後，便命將那日所有的題咏，命探春依次抄錄妥協，自己編次，叙其優劣，又命在大觀園勒石，為千古風流雅事。因此，賈政命人各處選拔精工名匠，在〔一〕大觀園磨石鐫字，賈珍率領賈蓉、賈萍等監工。因賈薔又管理着文官等十二個女戲并行頭等事，不大得便，因此賈珍又將賈菖、賈菱喚來監工。一日，燙蠟釘硃，動起手來。這也不在話下。

且說那個玉皇廟并達摩庵兩處一班的十二個小沙彌，并十二個小道士，如今挪出大觀園來，賈政正思想發到各廟去居住。不想後街上住的賈芹之母周氏，正盤算着也要到賈政這邊謀一個大小事務〔二〕與兒子管管，也好弄些銀錢使用。可巧聽見這件事，便坐轎子來求鳳姐。鳳姐因見他素日不大拿班作勢的，便依允了。想了幾句話，便回王夫人說：庚側：一派心機。『這些小和尚、道士萬不可打發到別處去，一時娘娘出來就要承應。倘或散了伙，若再用時，可是又費事。依我的主意，不如將他們竟送到咱們家廟裏鐵檻寺去，月間可派一個人拿幾兩銀子去買柴米就完了。說聲用，走去叫來，一點兒不費事的。』王夫人聽了，便商之于賈政。賈政聽了，笑道：『倒是提醒了我，就這樣。』即時喚賈璉來。

當下賈璉正同鳳姐吃飯，一聞呼喚，不知何事，放下飯便走。鳳姐一把拉住，笑道：『你且站住，聽我說話。若是別的事我也不管，若是為小和尚們的那事，好歹依我這麼着。』如此這般教了一套話。賈璉笑道：『我不知道，你有本事你說去。』鳳姐聽了，把頭一梗，把筷子一放，蒙側：活跳。腮上似笑不笑的瞅着賈璉道：『你當真的，是玩話？』賈璉笑道：『西廊下五嫂子的兒子蕓兒來求了我兩三遭。要個事情管管。蒙側：可發一笑。我依了，叫他等着。好容易出來這件事，你又奪了去。』鳳姐笑道：『你放心。園子東北角子上，娘娘說了，還叫多多的種鬆柏樹，樓底下還叫種些花草等物。等〔三〕這件事出來，我保管叫蕓兒管這件工程。』賈璉道：『果然這樣，也罷了。祇是昨兒晚上，我不過是要改個樣兒，你就扭手扭脚的。』庚側：寫鳳姐風月之文如此，總不脫漏。◎蒙側：粗蠢！情景（原作惜）可笑。鳳姐兒聽了，『嗤』的一聲笑了，庚側：好章法。◎蒙側：後將有大觀園中一段奇情韵事（原無），不得不先爲此等醜語

◎一跌（原作迭），以作未火先烟之象。向賈璉啐了一口，低下頭便吃飯。

賈璉一徑笑着去了。到了前面，見了賈政，果然是小和尚一事。賈璉便依了鳳姐主意，說道：『如今看來，芹兒倒大大的出息了，這件事竟交與他去管辦。橫豎照在裏頭的規例，每月叫芹兒支領就是了。』賈政原不大理論這些事，聽賈璉如此說，便如此依了。賈璉回到房中告訴鳳姐兒，鳳姐即命人去告訴周氏。賈芹便來見賈璉夫妻兩個，感謝不盡。鳳姐又作情央賈璉先支三個月的，叫他寫了領字，賈璉批票畫了押，登時發了對牌出去。銀庫上按數發給三個月的供給來，白花花二三百兩。賈芹隨手拈一塊，撂與掌平的人，叫他們吃了茶罷。于是命小厮拿回家，與母親商議。登時雇了大叫驢，〔四〕自己騎上；又雇了幾輛車子，至榮國府角門前，喚出二十四個人來，坐上車，一徑往城外鐵檻寺去了。當下無話。

如今且說賈元春，因在宮中自編大觀園題詠之後，庚眉：大觀園原系十二釵栖止之所，然工程浩大，故借元春之名而起，再用元春之命以安諸艷，不見一絲扭捻。□□己卯冬夜。忽想起那大觀園中景致，自己幸過之後，賈政必定敬謹封鎖，不敢使人進去騷擾，豈不寥落。況家中現有幾個能詩會賦的姊妹，何不命他們進去居住，也不使佳人落魄，花柳無顏。庚側：韵人行韵事。卻又想到寶玉自幼在姊妹叢中長大，不比別的兄弟。蒙側：何等精細！若不命他進去，祇怕他冷清了，一時不大暢快，未免賈母、王夫人愁慮，須得也命他進園居住方妙。想畢，遂命太監夏忠到榮國府來下一道諭，命寶釵等衹管在園中居住，不可禁約封錮，命寶玉仍隨進去讀書。

賈政、王夫人接了這諭，待夏忠去後，便來回明賈母，遣人進去各處收拾打掃，安設簾幔床帳。別人聽了還自猶可，惟寶玉聽了這諭，喜的無可不可。正和賈母盤算，要這個，弄那個，忽見了丫鬟來說：『老爺叫你。』（庚側：多大力量寫此句。余亦驚駭，況寶玉乎！回思十二三時，亦曾有是病來。想時不再至，不禁泪下。◎蒙側：大家風範。）寶玉聽了，好似打了個焦雷，登時掃去興頭，臉上轉了顏色，便拉着賈母扭的好似扭股兒糖，殺死不敢去。賈母衹得安慰他道：『好寶貝，你衹管去，有我呢，他不敢委屈了你。（蒙側：寫盡祖母溺愛，作後文之本。）況且你又作了那篇好文章，想是娘娘叫你進去住，他吩咐你幾句，不過不教你在裏頭淘氣。他說什麼，衹好生答應着就是了。』一面安慰，一面喚了兩個老嬤嬤來，吩咐『好生帶了寶玉去，別叫他老子唬着他。』老嬤嬤答應了。

寶玉衹得前去，一步挪了三寸，蹭〔五〕（庚側：蹭，撑去聲。）到這邊來。可巧賈政〔六〕在王夫人房中商議事情，金釧兒、彩雲、彩霞、綉鸞、綉鳳等衆丫鬟都在廊檐下站着呢，一見寶玉來，都抿着嘴兒笑。金釧兒一把拉住寶玉，（庚側：有是事，有是人。）悄悄的笑道：『我這嘴上是才擦的香浸胭脂，（庚側：活像，活現！）你這會子可吃不吃了？』彩雲連忙一把推開金釧兒，笑道：『人家心裏正不自在，你還奚落他。趁這會子喜歡，快進去罷。』寶玉衹得挨進門去。原來賈政和王夫人都在裏間呢。趙姨娘打起簾子，寶玉躬身挨入。衹見賈政和王夫人對面坐在炕上說話，地下一溜椅子，迎、探、惜并賈環四個人，都坐在那裏。一見他進來，惟有探春、惜春和賈環站了起來。

賈政一舉目，見寶玉站在跟前，神彩飄逸，秀色奪人；（庚側：消氣散，用的好。）看看賈環，人物委瑣〔七〕，舉止荒疏；忽又想起賈珠，（庚側：批至此，幾乎失聲哭出。）再看看王夫人衹有這一個親生的兒子，素愛如珍，自己的胡須將已蒼白：因這幾件上，把素日嫌惡處分寶玉之心不覺減了八九。（蒙側：爲天下年老者父母一哭。）半晌說道：『娘娘吩咐說，你日日外頭嬉游，漸次疏懶，如今叫禁管同你姊妹在園裏讀書寫字。（庚眉：寫寶玉可入園，用『禁管』二字，得體，理之至。□□壬午九月。）你可好生用心習學，再若不守分安常，你可仔細！』寶玉連連的答應了幾個『是』。王夫人便拉他在身旁坐下。（蒙側：他姊弟活現。）三人依舊坐下。

王夫人摩挲着寶玉的脖頸說道：『前兒的丸藥都吃完了？』寶玉答道：『還有一丸。』王夫人道：『明兒再取十丸來，天天臨睡的時候，叫襲人伏侍你吃了再睡。』寶玉道：『衹從太太吩咐了，襲人天天晚上想着，打發我吃。』庚側：大家細細聽去，活似小兒口氣。賈政問道：『襲人是何人？』王夫人道：『是個丫頭。』賈政道：『不管叫個什麼罷了，是誰這樣刁鑽，起這樣的名字？』王夫人見賈政不自在了，便替寶玉掩飾道：『是老太太起的。』賈政道：『老太太如何知道這樣的話，一定是寶玉！』寶玉見瞞不過，祇得起身回道：『因素日讀詩，曾記古人有一句詩云：「花氣襲人知書暖」。因這個丫頭姓花，便隨口起了這個名字。』王夫人忙又向寶玉道：『你回去改了罷。老爺也不用為這小事動氣。』賈政道：『究竟也無礙，又何用改。庚側：幾乎改去好名。祇是可見寶玉不務正，專在這些濃詩艷詞上〔八〕作工夫。』說畢，斷喝一聲：『作孽的畜生，還不出去！』庚側：好收拾（原作什）！◎蒙側：嚴父慈母，其事則异，其行則一。王夫人也忙道：『去罷，祇怕老〔九〕太太等你吃飯。』寶玉答應了，慢慢的出去，向金釧兒笑着伸伸舌頭，帶着兩個老嬤嬤一溜烟去了。

剛至穿堂門前，妙！這便是鳳姐掃雪拾玉之處，一絲不亂。祇見襲人倚門立在那裏，一見寶玉平安回來，堆下笑來，問：庚側：等壞了，愁壞了，所以有『堆下笑來，問』話。◎蒙側：何等牽連。叫你做什麼？』寶玉告訴他：『沒有什麼，不過怕我進園去淘氣，吩咐吩咐。』庚側：就說大話。逼（原作畢）肖之至！一面說，一面回至賈母跟前，回明原委。祇見林黛玉正在那裏，寶玉便問他：『你住那一處好？』林黛玉正在心裏盤算這事，庚側：顰兒亦有盤算事，揀擇清幽處耳，未知擇鄰否？一笑。忽見寶玉問他，便笑道：『我心裏想着瀟湘館好，我愛那幾竿竹子隱着一道曲欄，比別處〔十〕更覺幽靜。』寶玉聽了拍手笑道：『正和我的主意一樣，我也要叫你住這裏呢。我就住怡紅院，咱們兩個又近，又都清幽。』（庚側：擇鄰出于玉兄，所謂真知己。◎蒙側：作後文無限張（原作章）本。）

二人正計較，就有賈政遣人來回賈母說：『二月二十二的日子好，哥兒、姐兒們好搬進去的。這幾日內遣人進去分派收拾。』薛寶釵住了蘅蕪院，林黛玉住了瀟湘館，賈迎春住了綴錦樓，探春住了秋爽齋，惜春住了蓼鳳軒，李氏住了稻香村，寶玉住了怡紅院。每一處添兩個老嬤嬤，四個丫頭，除各人奶娘、親隨丫鬟不算外，另有專管收拾打掃的。至二十二日，一齊進去，登時園內花搖綉帶，柳拂香風，（八字寫得滿園之內，處處有人，無一處不到。）不似前番那等寂寥了。

閑言少叙。且說寶玉自進園來，心滿意足，再無別項可生貪求之心。每日祇和姊妹、丫頭們一處，或讀書，或寫字，（庚側：未必。）或彈琴下棋，作畫吟詩，以至描鸞刺鳳，（庚側：有之。）鬥草簪花，低吟悄唱，拆字猜枚，無所不至，倒也十分快樂。他曾有幾首即事詩，雖不好，卻倒是真情真景，略記幾首云：

春夜即事

霞綃雲幄任鋪陳，隔巷蟆更聽未真。

枕上輕寒窗外雨，眼前春色夢中人。
盈盈燭泪因誰泣，默默花愁爲我嗔。
自是小鬟嬌懶慣，擁衾不耐笑言頻。

夏夜即事

倦綉佳人幽夢長，金籠鸚鵡唤茶湯。
窗明麝月開宫鏡，室靄檀雲品御香。
琥珀杯傾荷露滑，玻璃檻納柳風凉。
水亭處處齊紈動，簾捲朱樓罷晚妝。

秋夜即事

絳芸軒裏絶喧嘩，桂魄流光浸茜紗。
苔鎖石紋容睡鶴，井飄桐露濕栖鴉。

抱衾婢至舒金鳳，倚檻人歸落翠花。
靜夜不眠因酒渴，沉烟重撥索烹茶。

冬夜即事

梅魂竹夢已三更，錦罽鸘衾睡未成。
鬆影一庭惟見鶴，梨花滿地不聞鶯。
女郎翠袖詩懷冷，公子金貂酒力輕。
却喜侍兒知試茗，掃將新雪及時烹。

因這幾首詩，當時有一等勢利人，見榮府十二三歲的公子作的，錄出來各處稱頌；再有一等輕浮子弟，愛上那風騷妖艷之句，也寫在扇頭壁上，不時吟哦賞贊。因此竟有人來尋詩覓字，倩畫求題的。寶玉益發得了意，鎮日在家作這些外務。

誰想靜中生煩惱，忽一日不自在起來。這也不好，那也不好，出來進去祇是悶悶的〔十二〕。園中的那些人多半是女孩兒，正在混沌世界，天真爛熳之時，坐卧不避，嬉笑無心，那裏知寶玉此時的心事。那寶玉心內不自在，便懶在園內，祇在外頭鬼混，卻又痴痴的。不進園去，真不知何心事？茗烟見他這樣，因想與他開心，左思右想，皆是寶玉玩的不耐煩了的，不能開心，惟有這件，寶玉不曾看見過。庚側：書房伴讀，累累如是，余至今痛恨。想畢，便走去到書坊內，把那古今小說并那飛燕、合德、武則天、楊貴妃的外傳與那傳奇腳本買了許多來，引寶玉看。寶玉何曾見過這些書，一看見了，便如得了珍寶。茗烟又囑咐他不可拿進園去，蒙側：自古惡奴壞事。若叫人知道了，我就「吃不了兜着走」呢！』寶玉那裏捨的不拿進園，踟躕再三，單把那文理細密的拿了幾套進去，放在床頂上，無人時自己密看。那粗俗過露的，都藏在外面書房裏。

那日正當三月中浣，早飯後，寶玉攜了一套《會真記》，走到沁芳閘橋那邊桃花底下一塊石上坐着，展開《會真記》，從頭細玩。正看到『落紅成陣』，祇見一陣風過，把樹上桃花吹下一大半來，庚側：好一陣凑趣風！落的滿身滿書滿地皆是。寶玉要抖將下來，恐怕腳步踐踏了，情不情。祇得兜了那花瓣，來至池邊，抖在池內。那花瓣浮在水面，飄飄蕩蕩，竟流出沁芳閘去了。

回來祇見地下還有許多，寶玉正躊躇間，祇聽背後有人說道：『你在這裏做什麼？』寶玉回頭，卻是林黛玉來了，肩上擔着花鋤，上挂着行囊，手內拿着花帚。庚側：一幅『采花（原作芝）圖』，非『葬花圖』也。 ◎庚眉：此圖欲畫之心久矣，誓不遇仙筆不寫，恐褻（原作襲）我顰卿故也。□□己卯冬。 ◎丁亥春間，偶識一浙省新（原無）發，其白描美人，真神品物，甚合余意。奈彼因宦緣所纏，無暇，且不能久留都下，未幾南行矣。余至今耿耿，悵然之至。恨與阿顰結一筆墨緣之難若此！嘆嘆！□□丁亥夏，畸笏叟。 ◎蒙側：真是韵人韵事。 ◎辰：寫出掃花仙女。 寶玉笑道：『好！好！來把這個花掃起來，庚側：如見如聞。撂在那水裏。我才撂了好些在那裏呢。』林黛玉道：『撂在水裏不好。你看這裏的水幹淨，祇一流出去，有人家的地方臟的臭的混倒，仍舊把花糟蹋了。那畸角上我有一個花冢，庚側：好名色，新奇！葬花亭裏埋花人。如今把他掃了，裝在這絹袋裏，拿土埋上，日久不過隨土化了，豈不幹淨。』庚側：寧使香魂隨土化。 ◎寫黛玉又勝寶玉十倍痴情。

寶玉聽了，喜不自禁，笑道：『待我放下書，幫你來收拾。』庚側：顧了這頭，忘却那頭。 黛玉道：『什麼書？』寶玉見問，慌的藏之不迭，便說道：『不過是《中庸》《大學》。』黛玉笑道：『你又在我跟前弄鬼。趁早兒給我瞧，好多着呢。』寶玉道：『好妹妹，若論你，我是不怕的。你看了，好歹別告訴別人去。真真這是好文章！你看了，連飯也不想吃〔十二〕呢！』一面說，一面遞與了林黛玉。黛玉把花具都且放下，接書來瞧，從頭看去，越看越愛，不到一頓〔十三〕飯工夫，將十六出俱已看完，自覺詞藻警人，餘香滿口〔十四〕。雖看完了書，卻祇管出神，心內還默默記詞。

寶玉笑道：『妹妹，你說好不好？』林黛玉笑道：『果然有趣。』寶玉笑道：『我就是個「多愁多病的身」，你就是那「傾國傾城貌」。』庚側：看官說寶玉忘情有之，若認作有心取笑，則看不得《石頭記》。◎辰：借用得妙。林黛玉聽了，不覺帶腮連耳通紅，登時直豎起兩道似蹙非蹙的眉，瞪了兩祇似睜非睜的眼，微腮帶怒，薄面含嗔，指寶玉道：『你這該死的胡說！好好的把這淫詞艷曲弄了來，還學了這些混話來欺負我。我告訴舅舅、舅母去。』說到『欺負』兩個字上，早又把眼睛圈兒紅了，轉身就走。庚側：唬煞！急煞！寶玉着了忙，向前攔道：『好妹妹，千萬饒我這一遭，原是我說錯了。若有心欺負你，明兒叫我掉〔十五〕在池子裏，教個癩頭黿吞了去，變個大忘八，等你明兒做了「一品夫人」病老歸西的時候，庚側：雖是混話一串，卻成了最新、最奇的妙文。我往你墳上替你馱一輩子的碑去。』辰：此誓新鮮。說的林黛玉『嗤』一聲笑了，庚側：看官想用何等話，令黛玉一笑收科。揉着眼，一面笑道：『一般唬的這個調兒，還祇管胡說。「呸，原來是苗兒不秀，是個銀樣蠟槍頭。」』辰：更借得妙！寶玉聽了，笑道：『你這個呢？我也告訴去。』林黛玉笑道：『你說你會過目成誦，難道我就不能一目十行麼？』蒙側：兒女情態，毫無淫念，韵雅之至。

寶玉一面收書，一面笑道：『正經快把花埋了罷，別提那個了。』二人便收拾落花，正才掩埋妥協，祇見襲人走來，說道：『那裏沒找，倒摸在這裏來。那邊大老爺身上不好，姑娘們都過去請安，老太太叫打發你去呢。快回去換衣裳去罷。』寶玉聽了，忙拿了書，別了黛玉，同襲人回房換衣不提。（一語度下。）

這裏林黛玉見寶玉去了，又聽見衆姊妹也不在房，自己悶悶的。（有原故。）正欲回房，剛走到梨香院牆下，衹聽見牆內笛韵悠揚，歌聲婉轉。（庚側：入正文方不牽强。）林黛玉便知是那十二個女〔十六〕孩子演習戲文呢。林黛玉素習不大喜看戲文，（妙法，必雲不大喜看。）便不留心，衹管往前走。偶然兩句，衹吹到耳內，明明白白，一字不落，（却一喜便總不忘，方見契得緊。）唱道是：『原來姹紫嫣紅開遍，（庚眉：情小姐故以情小姐詞曲警之。恰極！當極！□□己卯冬。）似這般都付與斷井頹垣。』林黛玉聽了，倒也十分感慨纏綿，便止步側耳細聽，又聽唱道是：『良辰美景奈何天，賞心樂事誰家院。』聽了這兩句，不覺點頭自嘆，心下自思道：『原來戲上也有好文章。（庚側：非不及釵，系不曾于雜學上用意也。）可惜世人衹知看戲，未必能領略這其中的趣味。』（庚側：將進門便是知音。）想畢，又後悔不該胡想，耽誤了聽曲子。再側耳時，衹聽唱道：『則為你如花美眷，似水流年……』林黛玉聽了這兩句，不覺心動神搖。又聽道：『你在幽閨自憐』等句，益發如醉如痴，站立不住，便一蹲身，坐在一塊山子石上，細嚼『如花美眷，似水流年』八個字的滋味。忽又想起前日見古人詩中有『水流花謝兩無情』之句，再又有詞中有『流水落花春去也，天上人間』之句，又兼所見《西廂記》中『花落水流紅，閑情萬種』之句，都一時想起來，湊聚在一處。仔細忖度，不覺心痛神馳，眼中落泪。正沒個開交處，忽覺背上擊了一下，及回頭看時，原來是……且聽下回分解。正是：

妝晨綉夜心無矣，對月臨風恨有之。

總評

詩童才女，添大觀之顔色；埋花聽曲，寫靈慧之幽嫻。妒婦主謀，愚夫聽命；惡僕殷勤，淫詞胎邪。開《楞嚴》之密語，闡法戒之真宗。以撞心之言，與石頭講道，悲夫！

庚：前以《會真記》文，後以《牡丹亭》曲，加以有情有景消魂落魄詩詞，總是急于令顰兒種病根也。看其一路不即（原作迹）不離，曲曲折折寫來，令觀者亦技難持，况瘦怯怯之弱女乎！

校記

〔一〕原文無『在』字，據列藏本改。

〔二〕此處的『事務』二字，原文爲『事物』，據庚辰本改。
〔三〕原文無『等』字，據蒙府本補。
〔四〕此處的『大叫驢』三字，原文爲『大脚驢』，據列藏本改。
〔五〕此處的『蹭』字，原文爲『挨』，據庚辰本改。
〔六〕原文無『賈政』二字，據列藏本補。
〔七〕此處的『委瑣』二字，原文爲『委蕤』，庚辰本爲『委鎖』，校者按詞義改。
〔八〕原文無『上』字，據蒙府本補。
〔九〕原文無『老』字，據蒙府本補。
〔十〕此處的『處』字，原文爲『的』，據蒙府本改。
〔十一〕『這也不好，那也不好，出來進去衹是悶悶的』一句，原文爲『發悶』二字，據庚辰本補。
〔十二〕原文無『吃』字，據蒙府本補。
〔十三〕此處的『不到一頓』，原文爲『不頓』，據庚辰本補。
〔十四〕原文無『餘香滿口』數字，據庚辰本補。
〔十五〕此處的『掉』字，原文爲『吊』，校者改。
〔十六〕原文無『女』字，據庚辰本補。

第二十四回

醉金剛輕財尚義俠　痴女兒遺帕惹相思

【回前】夾寫『醉金剛』一回，是書中之大文字，聊醒看官倦眼耳。然亦書中必不可少之文，必不可少之人。今寫在市井俗人身上，又加一俠字，則大有深意存焉。

靖：『醉金剛』一回文字，伏芸哥仗義探庵。余二十年來得遇金剛之樣人不少，不及金剛者亦復不少。惜不便一一注明耳。

話說林黛玉正自情思縈逗、纏綿固結之時，忽有人從背後擊了他一掌，說道：『你做什麼一個人在這裏？』林黛玉倒唬了一跳，回頭看時，不是別人，卻是香菱。林黛玉道：『你這個傻丫頭，（庚側：此『傻』字加于香菱，則有多少豐神躍（原作跳）于紙上，其嬌憨之態可想而知。）唬我這麼一跳好的。你這會子打那裏來？』香菱嘻嘻的笑道：『我來尋我們姑娘的，總找他不着。你們紫鵑也找你呢，［庚側：一絲不漏。］說璉二奶奶送了什麼茶葉來給你的。走罷，回家去坐着。』［庚側：『回（原作是）家去坐着』之言，是恐石上冷意。］一面說着，一面拉着黛玉的手回瀟湘館來。

果然鳳姐兒送了兩小瓶上用新茶來。林黛玉和香菱坐了。試問他們有何正事談講，［庚側：爲學詩伏綫。］不過說些這一個綉的好，那一個刺的精，又下一會棋，看兩句書，［庚眉：是書最好看如此等處，系畫家山水樹頭邱壑俱備，末用『濃淡墨點苔法』也。□□丁亥夏，畸笏叟。］◎［棋不論盤，書不論章，皆是嬌憨女兒神理，寫得不即不離，似有若無，妙極！］香菱便走了。不在話下。

如今且說寶玉因被襲人找回房去，果見鴛鴦歪在床上看襲人的針綫呢，見寶玉來了，便說道：『你往那裏去了？老太太等着你呢，叫過那邊請大老爺的安去。還不快換了衣服走呢。』襲人便進房去取衣服。寶玉坐在床沿上，褪了鞋，等靴子穿的工夫，回頭見鴛鴦穿着水紅綾子襖兒，青緞子背心，束着白縐綢汗巾兒，臉向那邊低着頭看針綫，脖子上戴着花領子。寶玉便把臉湊在脖項，聞那香油氣，不住用手摩挲，其白膩不在襲人之下，便猴上身去，涎皮笑道：『好姐姐，把你嘴上的胭脂賞我吃了罷。』［庚側：胭脂是這樣吃法，看官可（原作阿）經過否？］一面說，一面扭股糖似的粘在身上。鴛鴦叫道：『襲人，你出來瞧瞧。［庚側：不向寶玉說話，又叫襲人，鴛鴦亦是幻情洞天也。］你跟他一輩子，也不勸勸，還是這麼着。』襲人抱了衣服出來，向寶玉道：『左勸不改，右勸不改，你到底是怎麼樣？

你再這麼着，庚側：此五字內有深意深心。這個地方可就難住了。』一邊說，一邊催他穿衣服，同鴛鴦往前面來。

見過賈母，出至外面，人馬俱已齊備。剛欲上馬，衹見賈璉請安回來了，庚側：一絲不漏。正下馬，二人對面，彼此問了兩句話。衹見旁邊轉出一個人來，庚側：蕓哥此處一現，後文不見突然。請寶玉安。寶玉看時，衹見這人俊容長臉，長挑身材，年紀衹好十八九歲，生得着實斯文清秀，倒也十分面善，衹是想不起是那一房的，庚側：大族人衆，逼（原作畢）真，有是理。叫什麼名字。賈璉笑道：『你怎麼發呆，連他也不認得？他是後廊上住的五嫂子的兒子蕓兒。』寶玉笑道：『是了，是了，我怎麼就忘了。』因問他母親好，這會子什麼勾當。賈蕓指賈璉道：『找二叔說句話。』寶玉笑道：『你倒比先越發出挑了，庚側：何嘗是十二三歲小孩語。倒像我的兒子。』賈璉笑道：『好不害臊！人家比你大四五歲呢，就替你作兒子了？』寶玉笑道：『你今年十幾歲？』賈蕓道：『十八了。』

原來這賈蕓最伶俐乖覺，聽寶玉這樣說，便笑道：『俗語說的，「搖車裏的爺爺，拄拐的孫孫」。雖然歲數大，山高遮不過太陽。衹從我父親沒了，這幾年也無人照管教導。庚側：雖是隨機而應，伶俐人之語，余却傷心。若寶叔不嫌侄兒蠢笨，認作兒子，就是我的造化了。』賈璉笑道：『你聽見了？認兒子不是好開交的呢。』庚側：是兄湊弟趣。可嘆！說着，就進去了。寶玉笑道：『明兒你閑了，衹管來找我，別和他們鬼鬼祟祟的。庚側：何其堂皇正大之語。這會子我不得閑兒。

明兒你到書房裏來，和你說天話兒，我帶你園裏玩耍去。』說着扳鞍上馬，衆小廝圍擁，隨往賈赦這邊來。見了賈赦，不過是偶感些風寒，先述了賈母問的話，然後自己請了安。賈赦先站起來回了賈母話〔一〕，（庚側：一絲不亂。）次後便喚人來：『帶哥兒進去，太太屋裏坐着。』寶玉退出，來至後面，進入上房。邢夫人見了他來，先倒站了起來，（庚側：一絲不亂。）請過賈母的安，寶玉方請安。（辰：好規矩。）邢夫人拉他上炕坐了，方問別人，又命人倒茶來。（庚側：好層次，好禮法！誰家故事？）一鍾茶未吃完，衹見賈琮來問寶玉好。邢夫人道：『那裏找活猴子去！你那奶媽子死絕了，也不收拾收拾你，弄的黑眉烏嘴，那裏像大家子念書的孩子！』

正說着，衹見賈環、賈蘭小叔侄兩個也來了，請過安，邢夫人便叫他兩個椅子上坐了。賈環見寶玉同邢夫人坐在一個坐褥上，邢夫人又百般摩挲撫弄他，早已心中不自在了，（庚側：千裏伏綫。）坐不多時，和賈蘭便使眼色兒要走。賈蘭衹得依他，一同起身告辭。寶玉見他們走，自己也就起身，要一同回去。邢夫人笑道：『你且坐着，我還和你說話。』寶玉衹得坐了。邢夫人向他兩個道：『你們回去，各人替我問你們各人母親好。你們姑娘、姐姐、妹妹都在這裏呢，鬧的我頭暈，今兒不留你們吃飯了。』（庚側：明顯薄情之至。）賈環等答應着，便出來回家去了。

寶玉笑道：『可是姐姐們都過來，怎麼不見？』邢夫人道：『他們坐了一會子，都往後頭不知那屋裏去了。』寶玉道：『大娘方才說有話說，不知是什麼話？』邢夫人笑道：『那裏什麼話，不過叫你等着，同姊妹們吃了飯去。還有一個好玩的東西給你帶回去玩。』娘兒兩個說話，不覺早又晚飯時節。調開桌椅，羅列杯盤，母女姊妹們吃畢了飯。寶玉去辭別了賈赦，同姊妹們〔二〕一同回家，見過賈母、王夫人等，各自回房安歇。不在話下。一段爲五鬼魘魔作引。

且說賈蕓進去見了賈璉，因打聽可有什麼事情。賈璉告訴他：『前兒倒有一件事情出來，偏生你嬸嬸再三的求了我，給了賈芹了。庚側：反說體面話，懼内人累累如是。他許了我，說明兒園裏還有幾處要栽花木的地方，等這個工程出來，一定給你就是了。』賈蕓聽了，半晌說道：『既是這樣，我就等着罷。叔叔也不必先在嬸子跟前提我今兒〔三〕來打聽的話，庚側：已得了主意了。到跟前再說也不遲。』賈璉道：『提他做什麼，庚側：已被蕓哥瞞過了。我那裏有這些工夫說閑話兒呢，明兒一個五更，還要到興邑去走一趟，須得當日趕回來才好。你先等着，後日起更以後你來討信兒。早了，我不得閑。』說着，便回後面換衣服去了。

賈蕓出了榮國府回家，一路思量，想出一個主意來，便一徑往他母舅卜世仁家來。庚側：既雲『不是人』，如何肯共事，想蕓哥此來空了。

原來卜世仁現開香料鋪，方才從鋪子裏回來，忽見賈芸進來，彼此見過了，因問他這早晚什麼事跑了來。賈芸道：『有件事求舅舅幫襯幫襯。我有一件事，用些冰片、麝香使用，好歹舅舅每樣賒四兩給我，八月裏按數送了銀子來。』（甥舅之談如此，可嘆！）卜世仁冷笑道：『再休提賒欠一事。（庚側：何如，何如？余言不謬。）前兒也是我們鋪子裏一個伙計，替他的親戚賒了幾兩銀子的貨，至今總未還上。因此我們大家賠上，立了合同，再不許替親友賒欠。誰要錯了，就要罰他二十兩銀子的東道。況且如今這個貨也短，你說拿現銀子到我們這不三不四的鋪子裏來買，（庚側：推說之辭。）也還沒有這些，衹好倒包兒去。這是一。二則你那裏有正經事，不過賒了去又是胡鬧。你衹說舅舅見你一遭兒就派你一遭兒不是。你小人兒家很不知好歹，也到底立個主意，賺幾個錢，弄得吃的是吃的，穿的是穿的，我看着也喜歡。』

賈芸笑道：『舅舅說的倒幹淨。我父親沒的時節，我偏又小，不知事。後來聽見我母親說，都還虧舅舅們在我們家中做主意，料理的喪事。難道舅舅就不知道的，還是有一畝田，兩間房子，如今我手裏花了不成？巧媳婦做不出沒米的粥來，叫我怎麼樣呢？還虧是我呢，要是別的，死皮賴臉，三日兩頭兒來纏着舅舅，（庚側：芸哥亦善談，井井有理。）要個三升米、二升豆子的，（庚側：余二人亦不曾有是氣。）舅舅也就沒有法呢。』卜世仁道：『我的兒，舅舅要有，還不是該的。我天天和你舅母說，祇愁你沒個計算兒。你但凡立的起來，到你大房裏，就是他爺兒們你見不着，便下個氣，和他們的管家或者管事的人們嬉和嬉和，庚側：可憐，可嘆！余竟爲之一哭。也弄個事兒管管。前兒我出城去，撞見了你們三房老四，騎着大叫驢，帶着五輛車，有四五十和尚道士，妙極！寫小人口角羡慕之言加一倍。畢肖，却又是背面傅粉法。往家廟去了。他不虧能幹，此事如何輪到他呢！』

賈芸聽他嘮叨不堪，便起身告辭。庚側：有志氣，有果斷！卜世仁道：『怎麽急的這樣，吃了飯再去罷。』一句未說完，祇見他娘子說道：『你又糊塗了。庚側：雖寫小人家澀細，一吹一唱，酷肖之至，却是一氣逼出，後文方不突然。《石頭記》筆杖全在如此樣者。說道沒有米，這裏買了半斤面來，下給你吃，這會子還裝胖呢。留下外甥挨餓不成？』卜世仁道：『再買半斤來添上就是了。』他娘子便叫女孩兒：『銀姐，往對門王奶奶家去問，有錢借三二十個，明兒就送過來。』夫妻兩個說話，那個賈芸早說了幾個『不用費事』，去的無影無踪了。庚側：有知識，有果斷人，自是不同。

不言卜家夫妻，且說賈芸賭氣離了母舅家門，一徑回歸舊路，心下正自煩惱。一邊想，一邊低頭祇管走。不想一頭就碰在一個醉漢身上，把賈芸唬了一跳。庚側：自上看來，可是一口氣否？聽那醉漢罵：『臊你娘的！瞎了眼睛，碰起我來了。』賈芸忙要躲了，早被那醉漢一把抓住，對面一看，不是別人，却是緊鄰倪二。原來這倪二是個潑皮，專放重利債，在賭博場吃閑錢，專管打降吃酒。如今正從欠錢人家索了利錢，吃醉回來，不想被賈芸碰了一頭，正沒出氣，掄拳就要打。（庚眉：這一節對《水滸記》楊志賣刀遇沒毛大蟲一回看，覺好看多矣！□□己卯冬夜，脂硯。）衹聽那人叫道：『老二住手！是我衝撞了你。』倪二聽見是熟人的語音，將醉眼睜開看時，見是賈芸，忙把手鬆了，趔趄着笑道：（庚側：寫生之筆。）『原來是賈二爺，（庚側：如此稱呼，可知芸哥素日行止，是『金盆雖破分量（原作兩）在』也。）我該死！這會子往那裏去？』賈芸道：『告訴不得你，平白地又討了個沒趣兒（四）。』（庚側：本無心之談也。）倪二道：『不妨不妨。（庚側：如聞。）有什麽不平事，告訴我，替你出氣。（庚側：寫得酷肖，總是漸次逼出，不見一絲勉强。）這三街六巷，憑他是誰，有人得罪了我醉金剛倪二的街坊，管叫他人離家散！』

賈芸道：『老二，你且別氣，聽我告訴你這原故。』（庚側：可是一順而來。）說着，便把卜世仁一段事告訴了倪二。倪二聽了大怒，『要不是你令舅，我便駡出好話來，（庚側：仗義人豈有不知禮者乎？何嘗（原作常）是破落户。冤煞金剛了。）真真氣死我倪二。也罷，你也不用愁煩，我這裏現有幾兩銀子，你若用什麽東西，衹管拿去買辦。但衹一件，你我住了這些年街坊，我在外頭有名放帳，你卻從沒有和我張過口。也不知你厭惡我是個潑皮，（庚側：知己知彼之話。）怕低了你的身份；也不知是你怕我難纏，利錢重？若說怕利錢重，這銀子我是不要利錢的，也不用寫文約；若說怕低了你的身份，就不敢借給你了，（庚側：知己知彼之話。）各自走開。』一面說，一面果然從搭包裏掏出一包銀子來。

賈蕓心下自思：『素日倪二雖然是潑皮無賴，卻因人而施，庚側：四字是評，難得難得！非豪杰不可當。頗頗的有義俠之名。若今日不領他這情，怕他臊了，倒恐生事。不如借了他的，改日加倍還他也倒罷了。』想畢，笑道：『老二，你果然是個好漢，我何曾不想着你，和你張口。但衹是我見你所相與交結的，都是些有膽量的、有作為的人，似我們這等無能無為的你倒不理。庚側：蕓哥亦善談。好口齒！我若和你張口，你豈肯借給我？今日既蒙高情，我怎敢不領，回家按例寫了文約過來便是了。』倪二大笑道：『好會說話的人。我卻聽不上這話。庚側：『光棍眼内揉不下沙子』是也。既說「相與交結」四個字，如何放帳給你使，圖賺你利錢！庚側：如今不（原無）單是親友言利。不但親友，即閨閣中亦然。不但生意新發户，即大户舊族，頗頗有之。既把銀子借與你，圖你的利錢，便不是相與交結了。閑話也不必講。既你肯青目，這是十五兩三錢有零的銀子，便拿去置買東西。你要寫什麽文契，趁早把銀子還我，庚側：爽快人，爽快話！讓我放給那些有指望的人使去。』賈蕓聽了，一面接了銀子，一面笑道：『我便不寫罷了，有何着急的。』倪二笑道：庚眉：讀閱醉金剛一回，務吃劉鉉丹家山楂（原作查）丸一副。◎余卅年來得遇金剛之樣人不少，不及金剛者亦不少，惜書上不便歷歷注上芳諱，是余不足（原作是）心事也。□□壬午孟夏。一笑。『這不是話。天色黑了，也不讓茶讓酒，我還到那邊有點事情去，你竟回去。還煩你帶個信兒與舍下，叫他們早些關門睡罷，我不回家去了；倘或有甚麽要緊的事，叫我們女兒明兒〔五〕一早到馬販子王短腿庚側：常起作處人，逼（原作畢）真！家來找我。』一面說，一面趔趄着腳兒去了，庚側：仍應前。不在話下。

且說賈蕓偶然碰了這件事，心下也十分希罕。想那倪二倒果然有些意思，祇是還怕他一時醉中慷慨，到明日加倍的要起來怎處，心内猶豫不決。庚：蕓哥實怕倪二，并非以小人之心度君子也。又想道：『不妨，等那〔六〕件事成了，也可加倍還他。』想畢，一直走到個銅錢鋪裏，將那銀子稱一稱，十五兩三錢四分二厘。賈蕓見倪二不撒謊，心下越發喜歡，收了銀子，來至家門，先到隔壁將倪二的信捎與他娘子，方回來。見他母親，自在炕上拈綫，見他進來，便問那去了一日。賈蕓恐他母親生氣，便不說起卜世仁的事來，庚側：孝子可敬！此人後來榮府事敗，必有一番作爲。◎靖眉：果然。祇說在西府裏等璉二叔的。問他母親吃了飯不曾。他母親已吃過了，說留的飯在那裏。小丫頭子拿過來與他吃。那天已是掌燈時候，賈蕓吃了飯收拾歇息，一宿無語。

次日一早起來，洗了臉，便出南門，大香鋪裏買了冰、麝，便往榮國府來。打聽賈璉出了門，賈蕓便往後面來。到賈璉院門前，祇見幾個小廝拿着大高笤帚在那裏掃院子呢。忽見周瑞家的從門裏出來叫小廝們：『先別掃，奶奶出來了。』賈蕓忙上來笑問：『二嬸嬸那去？』周瑞家的道：『老太太叫，想必是裁什麼尺頭。』

正說着，祇見一群人簇着鳳姐出來了。庚側：當家人有是派頭（原無）。賈芸深知鳳姐是喜奉承、尚排場的，庚側：那一個不喜奉承？忙把手逼着，恭恭敬敬搶上來請安。鳳姐連正眼也不看，仍往前走着，祇問他母親好：『怎麼不來我們這裏逛逛？』賈芸道：『祇是身上不大好，倒時常記挂着，要來瞧瞧，都不能來。』鳳姐笑道：『可是你會撒謊，不是我提起他，你就不說他想我了。』賈芸笑道：『侄兒不怕雷打了，就敢在長輩前撒謊。昨兒晚上還提起嬸嬸來，說嬸嬸身子生的單弱，事情又多，虧嬸嬸好大精神，竟料理的周周全全；要是差一個兒的，累的不知怎麼樣呢。』庚眉：自往卜世仁處去已安排下的。蕓哥可用。□□己卯冬夜。

鳳姐聽了，滿臉是笑，不由的便止住了步，問道：『怎麼好好的，你娘兒兩個在背地裏嚼起我來？』庚側：過下無痕，天然而來文字。賈芸道：『有個緣故，庚側：接得如何？祇因我有個極好的朋友，家裏有幾個錢，現開香鋪。祇因他身上捐個通判，前兒選了雲南不知那一處，庚側：隨口語，極妙！連家眷一齊去，把這香鋪也不在這裏開了。便把帳物攢了一攢，該給人的給人，該賤發的賤發了。蒙側：世法人情，隨手拈（原作招）來，皆是奇妙文章。像這細貴的貨，都分着送與親友。他就一共送了我些冰片、麝香。我就和我母親商量，庚側：像得緊，何嘗撒謊。若要轉賣，不但賣不出原價來，而且誰家拿這些銀子買這個做什麼，便是很有錢的大家，也不過使個幾分就挺折腰了；若說送人，也沒個人配使這些，蒙側：作者是何神聖，具（原作俱）此大光明眼，無微不照。倒叫他一文不值半文轉賣了。因此我就想起嬸嬸來。蒙側：爲大千世界一哭！往年間，我還見嬸嬸大包的銀子買這些東西呢。別說今年貴妃宮中，就是這個端陽節下，不用說這些香料自然比往常加上十倍去的。因此，想來想去，祇有孝順嬸嬸一個人才合適，蒙側：有此一番必當孝順，必當收下，必得備用之情景。行文好（原作妙）看煞人！立意奚（原作稀）落煞人！看至（原作致）此，不知（原作和）當哭，當笑？方不算糟蹋這東西。』一邊說，一邊將一個錦匣舉起來。

鳳姐正是要辦端陽的節禮，采買香料藥餌的時節，忽見賈芸如此一來，聽這篇話，心下又是得意又是歡喜，蒙側：逼真！便命：『豐兒！接過蕓哥兒的來，庚側：像個嬸子口氣，好看煞！送了家去，交給平兒。』因又說道：『看着你這樣知好知歹的，怪道你叔叔常提起你，說你說話兒也明白，心裏有見識。』看官須知，鳳姐所喜者是奉承之言，打動了心，不是見物而喜，若說是見物（而）喜，便不是阿鳳矣。賈芸聽這話入了港，便打進一步來，故意問道：『原來叔叔也曾提我的？』鳳姐見問，才要告訴他與他事情管的那話，便忙又止住。心下想道：庚側：的是阿鳳行事心機筆意。『我如今要告訴他那話，倒叫他看着我見不得東西似的，為得了這點香，就混許他管事了。今兒先別提起這事。』想畢，便把派他監種花木工程的事，都隱瞞的一字不提，隨口說了兩句閑話，便往賈母那裏去了。賈芸也不好提的，祇得回來。

因昨日見了寶玉，叫他到外書房等着，蒙側：一樣叔嬸，兩般侍奉。賈芸吃了飯便又進來，到賈母那邊儀門外綺霞齋書房裏來。祇見焙茗、鋤藥兩個小廝下象棋，為奪『車』正拌嘴。還有引泉、掃花、挑雲、伴鶴庚側：好名色！四五個，又在房檐上掏小雀兒玩。蒙側：行雲流水（原無），一字不空，真（原作直）是空靈活跳。賈芸進入院內，把腳一跺，說道：『猴頭們淘氣，我來了。』眾〔七〕小廝看見賈芸進來，都才散了。賈芸進入房內，便坐在椅子上問：『寶二爺沒下來？』焙茗道：『今兒總沒下來。二爺說什麼，我〔八〕替你哨探哨探去。』庚側：五遁之外，名曰『哨探遁法』。說着，便出去了。

這裏賈芸便看字畫古玩，有一頓飯工夫還不見來，再看看別的小廝，都玩去了。正是煩悶，祇聽門前嬌聲嫩語的。叫了一聲『哥哥』。賈芸往外瞧時，卻是一個十六七歲的丫頭，生的倒也細巧幹淨。那丫頭見了賈芸，便抽身躲了過去。蒙側：是必然之理。恰好焙茗走來，見那丫頭在門前，便說道：『好，好！庚側：二『好』字，是遮飾半日（原作句）來不到語。正抓不着個信兒。』賈芸見了焙茗，也就趕了出來，問怎麼樣。焙茗道：『等了這一日，也沒個人兒過來，這就是寶二爺房裏的。好姑娘，庚側：口氣極像。你進去帶個信兒，就說廊上二爺來了。』

那丫頭聽說，方知是本家的爺們，便不似先前那等回避，庚側：一句禮當。下死眼把賈芸盯了兩眼。庚側：這句是情孽上生。◎蒙側：五百年風流孽冤。聽那賈芸說：『什麼是廊上廊下的，你祇說是芸兒就是了。』半晌，那丫頭冷笑了一笑：庚側：神情是深知房中事的。『依我說，二爺竟請回去，有什麼話明兒再來。今兒晚上得空兒我回他。』焙茗道：『這是怎麼說？』那丫頭道：『他（庚側：一連兩個『他』字，怡紅院中使得，否則有假矣。）今兒也沒睡中覺，自然吃的晚飯早，晚上又不下來。難道祇是要的二爺在這裏等着挨餓不成！（蒙側：業已種下愛根，俟後無計可拔。）不如家去，明兒來是正經。就便回來有人帶信，那都是不中用。他不過口裏應着，他倒給帶信呢！』賈芸聽這丫頭說話簡便俏麗，待要問他的名字，因是寶玉房裏的，又不便問，祇得說道：『這話倒是，我明兒再來。』說着，便往外走。焙茗道：『我倒茶去，（庚側：滑賊。）二爺吃了〔九〕茶再去。』賈芸一面走，一面回頭說：『不吃茶，我還有事呢。』口裏說話，眼睛瞧那丫頭還站在那裏呢。

那賈芸一徑回家。至次日，來至大門前，可巧遇見鳳姐往那邊去請安，才上了車。見賈芸來，便命人喚住，隔窗子笑道：『蕓兒，你竟有膽子在我跟前弄鬼。（庚側：也作的不像撒謊，用心機人可怕是此等處。）怪道你送東西給我，原來你有事求我。昨兒你叔叔才告訴我，說你求他。』（蒙側：非此等說（原作諾）法，則是因昨日之物起見了。錦心綉口，真正拜服。）賈芸笑道：『求叔叔這事，嬸嬸休提，我這裏正後悔呢。早知這樣，我竟一起頭求嬸嬸，這會子也早完了。（蒙側：這樣話實是以非理加之。而世人大都樂愛喜聞，吾深怪之。）誰承望叔叔竟不能的。』鳳姐笑道：『怪道你那裏沒成兒，昨兒又來尋我。』賈芸道：『嬸嬸辜負了我的孝心，我并沒有這個意思。若有這意思，昨兒還求嬸嬸？如今嬸嬸既知道了，我倒要把叔叔丟下，少不得求嬸嬸好歹疼我一點兒。』

鳳姐冷笑道：『你們要揀遠路兒走，叫我也難。（庚側：曹操語。）早告訴我一聲兒，什麼不成了。多大點子事，耽誤到這會子。那園子裏還要種花，我祇想不出個人來，早來不早完了。』賈芸笑道：『既這樣，嬸嬸明兒就派我罷。』鳳姐半晌道：『這個我看着不大好。（庚側：又一折。）等明年正月裏烟火燈燭那個大宗兒下來，再派你罷。』賈芸道：『好嬸嬸，先把這個派了我罷。果然這個辦的好，再派我那個。』鳳姐笑道：『你倒會拉長綫兒。罷了，若不是你叔叔說，我不管你的事。（庚側：總不認受冰、麝賄。）我不過吃了飯就過來，你到午錯的時候來領銀子，後兒就進去種花。』說畢，令人駕起香車，一徑去了。

賈芸喜不自禁，來至綺霞齋打聽寶玉，誰知寶玉一早便往北靜王府裏去了。賈芸便呆呆的坐到晌午，打聽鳳姐回來，便寫個領票來領對牌。至院外，命人通報了，彩明走了出來，單要領票進去，批了銀數年月，一并連對牌交與賈芸接了，看那批上銀數批了二百兩，心中喜不自禁。翻身走到銀庫上，交與收牌票的，領了〔十〕銀子。回家告訴母親，自是母子俱各歡喜。次日一個五鼓，賈芸先找了倪二，將前銀按數還他。那倪二見賈芸有了銀子，也便按數收回，不在話下。這裏賈芸又拿了五十兩，出西門找到花兒匠方椿家裏去買樹，不在話下。（至此便完種樹工程。一者見得蹔趄工程原非正文，不過虛描盛時光景，借此以出情文。二者又爲避難法。若不如此了，必曰其樹其價怎麽，買定幾株，豈不煩絮乎。）

如今且說寶玉，自那日見了賈蕓，曾說明日着他進來說話兒。如此說了之後，他原是富貴公子的口角，那裏還把這個放在心上，因而便忘懷了。（庚側：若是一個女孩兒，可保不忘的。）這日晚上，從北靜王府裏回來，見過賈母、王夫人等，回至園內，換了衣服，正要洗澡。襲人因被薛寶釵煩了去打結子；秋紋、碧痕兩個去催水；檀雲又因他母親〔十二〕的生日接了回去；麝月又現在家中養病；雖還有幾個作粗活聽喚的丫頭，估量着叫不着他們，都出去尋伙覓伴的玩去了。不想這一刻的工夫，（妙！必用『一刻』二字方是寶玉的房中，見得時時原有人的，又有今『一刻』無人，所謂湊巧具一也。）祇剩了寶玉在房內。偏生的（三字不可少。）寶玉要吃茶，一連叫了兩三聲，方見兩三個老嬤嬤走進來。（妙！文字細密，一絲不落，非批得出者。）寶玉見了他們，連忙搖手兒說：『罷，罷！不用你們了。』（是寶玉口氣。）老婆子們祇得退出。

寶玉見沒丫頭們，祇得自己下來，拿了碗向茶壺去倒茶。祇聽背後說道：『二爺仔細燙了手，讓我們來倒。』（庚側：神龍變化之文，人豈能測。）一面說，一面走上來，早接了碗過去。寶玉倒唬了一跳，問：『你在那裏？忽然來了，唬我一跳。』那丫頭一面遞茶，一面回說：『我在後院子裏，才從裏間的後門進來，難道二爺就沒聽見腳步響？』寶玉一面吃茶，一面（六個『一面』是神情，并不覺厭。）仔細打量那丫頭：穿着幾件半新不舊的衣裳，倒是一頭黑鬒鬒的好頭發，挽着個䰖，容長臉面，細巧身材，卻十分俏麗甜淨。與賈芸目中所見不差。寶玉看了，便笑問道：神情寫得出。『你也是我這屋裏的人麼？』妙問。必如此問，方是籠絡前文。那丫頭道：『是的。』寶玉道：『既是這屋裏的，我怎麼不認得？』那丫頭聽說，便冷笑了一聲道：神理如畫。『認不得的〔十二〕也多，豈祇我一個。從來我不遞茶遞水，拿東拿西，眼見的事一點兒不作，那裏認得呢。』寶玉道：『你為什麼不作那眼見的事？』庚側：這是下情不能上達意語也。那丫頭道：『這話我也難說。庚側：不服（原作伏）氣語，況非爾可定（原作完），故云『難說』。祇是有一句話回二爺：昨兒有個什麼芸兒來找二爺。我想二爺不得空兒，便叫焙茗回他，叫他今日早起來，不想二爺又往北府裏去了。』

剛說到這句話，祇見秋紋、碧痕嘻嘻哈哈的說笑着進來，兩個人共提着一桶水，一手撩着衣裳，趔趔趄趄，潑潑撒撒的。那丫頭便忙迎去接。庚側：好！有眼色。秋紋、碧痕正對着〔十三〕抱怨，『你濕了我的裙子』，那個又說『你踹了我的鞋』。忽見走出〔十四〕一個人來接水，二人看時，不是別人，原來是小紅。二人便都詫异，將水放下，忙進房來東瞧西望，庚側：四字漸露大丫頭素日怡紅細事也。◎庚眉：怡紅細事俱用帶筆白描，是大章法也。□□丁亥夏，畸笏叟。并沒個別人，祇有寶玉，便心中大不自在。祇得預備下洗澡之物，待寶玉脫了衣裳，二人便帶上門出來。庚側：清楚之至。走到那邊門內便找小紅，問他方才在屋裏說什麼。

小紅道：『我何曾在屋裏的？衹因我的手帕子不見了，往後頭找手帕子去。不想二爺要茶吃，叫姐姐們一個沒有，是我進去了，才倒了茶，姐姐們便來了。』秋紋聽了，抖臉便啐了一口，罵道：『沒臉的下流東西！正經叫你催水去，你說有事故，倒叫我們去，你可等着做這個巧宗兒。（庚側：難說，小紅無心，白描（原作寫）。）一裏一裏的，這不上來了。難道我們倒跟不上你了？你也拿鏡子照照，配遞茶遞水不配！』（庚側：『難說』二字全在此句來。）碧痕道：『明兒我說給他們，凡要茶水，送東拿西的事，咱們都別動，衹叫他去便是了。』秋紋道：『這麼說，還不如我們散了，單讓他在這屋裏呢。』

二人你一句，我一句，正鬧着，衹見有個老嬤嬤進來傳鳳姐的話說：『明日有人帶花兒匠進來種樹，叫你們嚴禁些，衣服裙子別混曬晾的。那土山上一溜都攔着幃幙呢，可別混跑。』秋紋便問：『明兒不知是誰帶進匠人來監工？』（庚側：用秋紋問，是『暗透』之法。）那婆子道：『說什麼後廊上的蕓哥。』秋紋、碧痕聽了都不知道，衹管混問別的話。那小紅聽見了，心內卻明白。（庚側：可是『暗透法』？）就知是昨兒外書房所見那人了。

原來這小紅本姓林，（又是個林。）小名紅玉，（『紅』字切絳珠，『玉』字則直（原作真）通矣。）衹因『玉』字犯了林黛玉、寶玉，（妙文。）便都把這個字隱起來，便叫他『小紅』。原是榮國府中世代的舊僕，他父母現在收管各處房田事務。這紅玉年方十六歲，因分入在大觀園的時節，把他便分在怡紅院中，倒也清幽雅靜。不想後來命人進來居住，偏生這一所兒又被寶玉占了。這紅玉雖然是個不諳事理的丫頭，卻因他原有三分容貌，〔有三分容貌尚且不肯受屈，況黛玉等一幹才貌者乎？〕心內着實妄想痴心的向上攀高，〔爭奪者同來一看。〕每每的要在寶玉面前顯弄顯弄。祇是寶玉身邊一幹人，都是靈牙利爪的，〔庚側：『難説』的原故在此。〕那裏還能下的手去。不想今兒才有些消息，〔庚側：余前批不謬。〕又遭秋紋等一場惡意，心內早灰了一半。〔爭名奪利者齊來一哭。〕正悶悶的，忽然聽見老嬤嬤說起賈芸來，不覺心中一動，便悶悶的回至房中，睡在床上暗暗盤算，翻來復去，沒個抓尋。忽聽窗外低低的叫道：『紅玉，你的手帕子我拾在這裏呢。』紅玉聽了忙走出來看，不是別人，正是賈芸。紅玉不覺的粉面含羞，問道：『二爺在那裏拾着的？』賈芸笑道：『你過來，我告訴你。』一面說，一面就上來拉他。那紅玉急回身一跑，卻被門檻絆倒，唬醒，方知是夢。〔庚側：睡（原作隆）夢中當然一跑，這方是怡紅之鬟（原作嬛）。〕要知端的，下回分解。

總評

冷暖時，祇自知，金剛、卜氏渾閑事。眼中心，言中意，三生舊債原無底。任你貴比王侯，任你富似郭、石，一時間，風流頗，不怕死。

庚：《紅樓夢》寫夢章法總不雷同。此夢更寫的新奇，不見後文，不知是夢。紅玉在怡紅院爲諸鬟（原作嬛）所掩，亦可謂生不遇時，但看後四章供阿鳳驅使可知。

校記

〔一〕原文無『話』字，據庚辰本補。

〔二〕原文無『們』字，據列藏本補。

〔三〕此處的『今兒』，原文爲『今』，據庚辰本改。

〔四〕原文無『兒』字，據庚辰本補。

〔五〕原文無『明兒』二字，據庚辰本補。

〔六〕原文無『那』字，據庚辰本補。

〔七〕此處的『衆』，原文爲『引泉』，據庚辰本改。

〔八〕原文無『我』字，據列藏本補。

〔九〕原文無『了』字，據列藏本補。

〔十〕原文無『了』字，據庚辰本補。
〔十一〕原文無『親』字，據蒙府本補。
〔十二〕原文無『的』字，據庚辰本補。
〔十三〕原文無『着』字，校者補。
〔十四〕原文無『出』字，據庚辰本補。

第二十五回

魘魔法姊弟逢五鬼　紅樓夢通靈遇雙真

【回前】有緣的推不開，知心的死不改，縱（原作總）然是通靈神玉，也遭塵敗。夢裏徘徊，醒後疑猜，時時兜的上心來。怕人窺破笑盈腮，獨自無言偷打咳。這的是，前生造定今生債。

話說紅玉心神恍惚，情思纏綿，忽朦朧睡去，遇見賈芸要拉他，卻回身一跑，被門檻絆了一跤，唬醒過來，方知是夢。因此翻來復去，一夜無眠。至次日天明，方才起來，就有幾個丫頭子來，會他去打掃房子地面，提洗臉水。這紅玉也不梳洗，向鏡中胡亂挽了一挽頭發，洗了洗手，腰内束了一條汗巾子，便來打掃房屋。

誰知寶玉昨日見了紅玉，也就留了心。若要直點名喚他來使用，一則怕襲人等寒心，是寶玉心中想，不是襲人拈酸。二則又不知紅玉是何等行為，若好還罷了，不知『好』字是如何講？答曰：在『何等行爲』四字上看，便知。玉兒每『情不情』，况有情者乎！若不好起來，那時倒不好退送的。因此心下悶悶的，早起來也不梳洗，衹坐着出神。一時下了窗子，隔着紗屜子，向外看的真切，衹見好幾個丫頭在那裏掃地，都擦脂抹粉，簪花插柳的，八字寫盡蠢鬟，是爲襯紅玉，亦如用豪貴人家濃妝艷飾、插金戴銀的襯寶釵、黛玉也。獨不見昨日那一個。寶玉便趿了鞋，晃出了房門，衹裝着看花兒，庚側：文字有層次。這裏瞧瞧，那裏望望。一抬頭，衹見西南角上游廊底下欄杆上似有一個人倚在那裏，卻恨面前有一株海棠花遮着，看不真切。余所謂此書之妙，皆從詩詞句中翻出者，皆系此等筆墨也。試問觀者：此非『隔花人遠天涯近』乎？可知上幾回非余妄擬。衹得又轉了一步，仔細一看，可不是昨兒那個丫頭在那裏出神。待要迎上去，又不好去的。正想着，忽見碧痕來催他洗臉，衹得進去了。不在話下。

卻說紅玉正自出神，忽見襲人招手叫他，此處方寫出襲人來，是『襯貼法』。衹得走上前來。襲人笑道：『我們這裏的唖壺還沒有收拾了來呢，你到林姑娘那裏去，把他們的借來使使。』紅玉答應了，便走出來往瀟湘館去。正走上翠烟橋，抬頭一望，衹見山坡上高處都攔着幃幙，方想起今兒有匠人在裏頭種樹。因轉身一望，衹見那邊遠遠一簇人在那裏掘土，賈蕓正坐在那山子石上。紅玉待要過去，又不敢過去，衹得悶悶的向瀟湘館取了唖壺回來，無精打采自回房內倒着。衆人衹說他一時身上不快，都不理論。文字到此一頓，狡猾之至！

展眼過了一日。必雲『展眼過了一日』者，是反襯紅玉『挨一刻似一夏』也，知乎？原來次日就是王子騰夫人的壽誕，那裏原打發人來請賈母、王夫人的，王夫人見賈母不去，自己也便不去了。所謂『一筆兩用』也。倒是薛姨媽同鳳姐兒并賈家三個姊妹、寶釵、寶玉一齊都去了，至晚方回。

可巧王夫人見賈環下了學，便（二）命他來抄個《金剛咒》捧誦。庚側：用《金剛咒》引五鬼法。那賈環正在王夫人炕上坐着，命人點上燈燭，拿腔作勢的抄寫。小人乍得意者，齊來一玩。一時又叫彩霞倒杯茶來，一時又叫玉釧兒來剪剪蠟花，一時又說金釧兒擋了燈影。衆丫鬟們素日厭惡他，都不答理。祇有彩霞還和他合的來，暗中又伏一風月之隙。倒了一杯茶遞與他。因見王夫人和人說話，他便悄悄的向賈環說道：『你安些分罷，何苦討這個厭那個厭的。』賈環道：『我也知道了，你別哄我，如今你和寶玉好，把我不答理，被我也看出了。』彩霞咬着嘴唇，向賈環頭上戳了一指頭，說道：『沒良心的！狗咬呂洞賓，不識好人心。』庚眉：此等世俗之言，亦因人而用，妥極！當極！□□壬午孟夏，雨窗，畸笏。◎風月之情，皆系彼此孽障所牽。雖云『猩猩惜猩猩』，但亦從孽障而來。蠢婦配才郎，世間固不少，然俏女慕村夫者尤多。所謂『孽障牽魔，不在才貌』之論。

兩人正說着，祇見鳳姐來了，拜見過王夫人。王夫人便一長一短的問他，今日是那幾位堂客，戲文好歹，酒席如何等語。說了不多幾句話，寶玉也來了，進門見了王夫人，不過規規矩矩說了幾句，是大家子弟模樣。便命人除去珠額，脫了袍服，拉了靴子，便一頭滾在王夫人懷裏。甲側：余幾幾失聲哭出。王夫人便用手滿身滿臉去摩挲撫弄他，（普天下幼年喪母者，齊來一哭。）寶玉也搬着王夫人的脖子說長說短的。（甲側：慈母嬌兒寫盡矣。）王夫人道：『我的兒，你又吃多了酒，臉上滾熱。你還衹是揉搓〔二〕，一會鬧上酒來。還不在那裏靜靜的倒一會子呢。』說着，便叫人拿個枕頭來。寶玉聽說，下來，在王夫人身後倒下，又叫彩霞來替他拍着。寶玉便和彩霞說笑，衹見彩霞淡淡的，不大答理，兩眼睛衹向賈環處看。寶玉便拉他的手笑道：『好姐姐，你也理我理兒呢。』一面說，一面拉他的手，彩霞奪手不肯，便說：『再鬧，我就嚷了。』

二人正鬧着，原來賈環聽的見，素日原恨寶玉，如今又見他和彩霞廝鬧，心中越發按不下這口毒氣。雖不敢明言，卻每每暗中算計，（甲側：已伏金釧回矣。）衹是不得下手，今見相離甚近，便要用熱油燙瞎他眼睛。因而故意裝作失手，把那一盞油汪汪的蠟燈向寶玉臉上衹一推。衹聽寶玉『哎喲』了一聲，滿屋裏衆人都唬一跳。連忙將地下的戳燈〔三〕挪過來，又將裏外間屋裏的拿了三四盞看時，衹見寶玉滿臉滿頭都是油。王夫人又急又氣，一面命人來替寶玉擦洗，一面又罵賈環。鳳姐三步兩步的上炕去，替寶玉收拾着，（甲側：阿鳳活現紙上。）一面笑道：『老三還這麼慌腳鷄似的，我說你上不得高臺板。趙姨娘時常也該教導教導他。』（庚側：爲下文緊一步。）一句話提醒了王夫人，那王夫人不罵賈環，便叫過趙姨娘來〔四〕，罵道：『養出這樣黑心不知道理下流種子來，也不管管！

幾番幾次我都不理論，〔甲側：補出素日來。〕你們得了意了，越發上來了！』

那趙姨娘素日雖然也常懷嫉妒之心，不忿鳳姐、寶玉兩個，也不敢露出來；如今賈環又生了事，受這場惡氣，不但吞聲承受，而且還要走去替寶玉收拾。衹見寶玉左邊臉上燙了一溜燎泡出來；幸而眼睛竟沒動。王夫人看了，又是心疼，又怕賈母明日問，怎樣回答，急的又把趙姨娘數落一頓。〔總是爲楔緊『五鬼』一回文字。〕然後又安慰了寶玉一回，又命取敗毒消腫藥來敷上。寶玉道：『有些疼，還不妨事。明日老太太問，就說是我自己燙的罷了。』鳳姐笑道：〔兩笑，壞極！◎庚眉：爲『五鬼法』作耳，非泛文也。□□雨窗。〕『便說是自己燙的，〔甲側：玉兄自是悌弟之心性。一嘆！〕也要罵人為什麼不小心看着，叫你燙了！橫豎有一場氣生的，明日憑你怎麼說去罷。』〔壞極！總是調唆口吻，趙氏寧不覺乎？〕王夫人命人好生送去。寶玉回房去後，襲人等見了，都慌的了不得。

林黛玉見寶玉出了〔五〕一天門，就覺悶悶的，沒個可說話的人。至晚打發人來問了兩三遍回來不曾，這遍方才回來，又偏生燙了。林黛玉便趕着來瞧，衹見寶玉正拿鏡子照呢，左邊臉上滿滿的敷了一臉的藥。林黛玉衹當燙的十分利害，忙上來問怎麼燙了，要瞧瞧。寶玉見他來了，忙把臉遮着，搖手叫他出去。不肯叫他看。——知道他的癖性喜潔，見不得這些東西。〔寫寶玉文字，此等方是正經筆墨。〕林黛玉自己也知道自己也有這件癖性，〔寫林黛玉文字，此等方是正經筆墨。故二人文字雖多，如此等暗伏淡寫處亦不少，觀者實實看不出。知道寶玉的心內怕他嫌臟，甲側：二人純用體貼工夫。◎將二人一并，真真寫他二人之心玲瓏七竅。因笑道：『我瞧瞧燙了那裏了，有什麼遮着藏着的。』一面說，一面就湊上來，強搬着脖子瞧了一瞧。問他疼的怎麼樣，寶玉道：『也不很〔六〕疼，養一兩日就好了。』林黛玉坐了一會，悶悶的回房去了。一宿無話。

次日，寶玉見了賈母，雖然自己承認是自己燙的，不與別人相幹，免不得那賈母又把跟從的人罵一頓。此原非正文，故草草寫去。

過了一日，就有寶玉寄名的幹娘馬道婆進榮國府來請安。見了寶玉，唬一大跳。問其緣由，說是燙的，便點頭嘆惜一回，向寶玉臉上用指頭畫了一畫，口內嘟嘟囔囔的又持誦了一會，說道：『包管就好了，這不過是一時飛災。』又向賈母道：『祖宗老菩薩那裏知道，那經典佛法上說的利害，庚側：一段無倫無理、信口開合的混話，却句句都是耳聞目睹者，并非杜撰而有。大凡那王公卿相人家的子弟，衹一生長下來，暗裏便有許多促狹鬼跟着他，庚側：作者與余實實經過。得空便擰他一下，或掐他一下，或吃飯時打下他的飯碗來；或走着推他一跤，所以往往的那些大家子孫多有長不大的。』賈母聽如此說，便趕着問：『這有個什麼佛法解釋沒有呢？』馬道婆道：『這個容易，衹是替他多作些因果善事也就罷了。再那經上還說，西方有位大光明普照菩薩，專管照耀陰暗邪祟，若有善男子、信女人虔心供奉者，可以永佑兒孫康寧安靜，再無驚恐邪祟撞磕之災。』賈母道：『倒不知怎麼個供奉這位菩薩？』馬道婆道：『也不值些什麼，不過除香燭供養之外，一天多添幾斤香油，點上個大海燈。這海燈，便是菩薩現身法像，晝夜不敢息的。』賈母道：『一天一夜也得多少油？明白告訴我，我也好做這件功德的。』馬道婆聽如此說，便笑道：『這也不拘，隨施主菩薩們隨心。像我家裏，就有好幾處的王妃誥命供奉的：南安郡王府裏的太妃，他許多的願心，大約一天是四十八斤油，一斤燈草，庚側：賊婆！先用大鋪排試之。那海燈也祇比缸略小些；錦田侯的誥命次一等，一天不過二十四斤；再還有幾家也有五斤的、三斤的、一斤的，都不拘數。那小家子窮人家捨不起這些，就是四兩半斤，也少不得替他點。』賈母聽了，點頭思忖，甲眉：『點頭思忖』，是量事之大小，非吝嗇（原作澀）也。日費（原作廢）香油四十八斤，每月油二百五十餘斤，合錢三百餘串。爲一小兒，如何服衆？太君細心若是。馬道婆又道：『還有一件，若是為父母尊親長上的，多捨些不妨；若是像老祖宗如今為寶玉，若捨多了倒不好，庚側：賊道婆！是自『太君思忖』上來，後用如此數語收之。使太君必心悅誠服願行。賊婆，賊婆！費我作者許多心機摹寫也！還怕哥兒禁不起，倒折了福。也不當家花花的，要捨，大則七斤，小則五斤，也就是了。』賈母道：『既是這樣說，你便一日五斤合準了，每月來打躉關了去。』馬道婆念了〔七〕一聲『阿彌陀佛慈悲大菩薩』。賈母又命人來吩咐：『以後大凡寶玉出門的日子，拿幾串錢交給小子們帶着，遇見僧道窮苦，好施捨。』

說畢，馬道婆又坐了一會，便又往各院各房問安，閑逛了一會。一時來至趙姨娘房内， 甲側：有『各院各房』，接此方不覺突然。 二人見過，趙姨娘命小丫頭倒杯茶來與他吃。馬道婆因見炕上堆着些零碎綢緞彎角，趙姨娘正粘鞋呢。馬道婆道：『可是我正沒了鞋面子了。 庚側：見者有份（原作分）是也。 趙奶奶你有零碎緞子，不拘什麼顏色的，弄一雙鞋面給我。』趙姨娘聽說，便嘆口氣說道：『你瞧瞧那裏頭，還有那一塊是成樣的？成了樣的東西，也到不了我手裏來！有的沒的都在那裏，你不嫌，就挑兩塊子去。』馬道婆見說，果真便挑了兩塊收將起來。

趙姨娘問道：『前日我送了五百錢去，在藥王跟前上供，你可收了沒有？』馬道婆道：『早已替你上了供了。』趙姨娘嘆口氣道：『阿彌陀佛！我手裏但凡從容些，也時常的上個供，祇是心有餘力量不足。』馬道婆道：『你祇管〔八〕放心，將來熬的環哥兒大了，得個一官半職，那時你要做多大的功德也不難。』趙姨娘聽說，鼻子裏笑了一聲，說道：『罷，罷！再別說起。如今就是個樣兒：我們娘兒們跟的上這屋裏那一個兒！也不是有了寶玉，竟是得了個活龍。他還是小孩子家，長的得人意兒，大人偏疼他些也罷了。 庚側：趙嫗數語，可知玉兄之身份，況在背後之言。 我祇不服〔九〕這個主兒。 庚側：活現趙嫗。 』一面說，一面伸出兩個指頭兒來。 庚側：活現阿鳳。 馬道婆會意，便問道：『可是璉二奶奶？』趙姨娘唬的忙搖手兒，走到門前，掀簾子向窗外看看無一個人，甲側：是心膽俱怕破。方來向馬道婆悄悄說道：『了不得，了不得！提起這個主兒，這一分家私要不都叫他搬送到娘家去，我也不是個人。』庚側：這是妒心，正題目。

馬道婆見他如此說，便探他口氣說道：庚側：有隙即入，所謂賊婆，是極！『我還用你說，難道都看不出來？也虧你們心裏也不理論，衹憑他去。倒也妙。』趙姨娘道：『我的娘，不憑他去，難道誰還敢把他怎麼樣呢？』馬道婆聽說，鼻子裏一笑，庚側：二笑。半晌說道：『不是我說句造孽的話，你們沒有本事，也難怪別人。明不敢怎樣，暗裏也就算計了，庚側：賊婆操必勝之劵（原作權），趙嫗已墮術中，故敢直出明言。可畏！可怕！還等到這如今！』趙姨娘聞聽這話裏有道理，心內暗暗的歡喜，便說道：『怎麼暗裏算計？我倒有這個心，衹是沒這樣的能幹人。你若教給我這法子，我大大的謝你。』馬道婆聽說這話打攏了一處，便又故意說道：『阿彌陀佛！你快休問我，我那裏知道這些事。罪過，罪過！』庚側：遠一步，却是近一步。賊婆，賊婆！趙姨娘道：『你又來了。你是最肯濟困扶危的人，難道就眼睜睜的看人家來擺布死了我們娘兒兩個不成？難道還怕我不謝你？』馬道婆聽說如此，便笑道：『若說我不忍叫你娘兒們受人說話還猶可，若說〔十〕「謝」的這個字，可是你錯打算了。就便是我希圖你謝，靠你有些什麼東西能打動我？』庚側：探（原作深）謝禮輕重，是這樣說法。可怕，可畏！趙姨娘聽這話，口氣鬆動了，便說道：『你這個明白人，怎麼糊塗起來了？你若果然法子靈驗，把他兩人絕了，明日這家私不怕不是我環兒的。那時你要什麼不得？』馬道婆聽了，低了頭，半晌說道：『那時候事情妥當了，又無憑據，你還理我呢！』趙姨娘道：『這又何難。如今我雖手裏沒什麼，也零碎攢了幾兩體己，還有幾件衣服簪子，你先拿些去。下剩的，我寫個欠銀子文契給你，你要什麼保人也有，那時我照數給你。』馬道婆道：『果然這樣？』趙姨娘道：『這如何還撒得謊。』說着，便叫過一個心腹婆子來，耳根底下嘁嘁喳喳說了幾句話。那婆子出去了，一時回來，果然寫了個五百兩銀子欠契來。庚側：所謂狐群狗黨是也。大族在所不免，看官着眼。趙姨娘便印了手模，甲側：痴婦，痴婦！走到廚櫃裏將體己拿了出來，與馬道婆看看，道：『這個你先拿去做個香燭供養使費，可好不好？』馬道婆看看白花花的一堆銀子，又有欠契，并不顧青紅皂白，滿口裏應着，甲側：有道婆作幹娘者，來看此句。『并不顧』三字怕煞（原作弑）人。千萬件惡事皆從三字生出來。可怕，可畏，可警！可長存戒之！伸手先去抓了銀子揣起來，然後收了欠契。又向褲腰裏掏了半晌，掏出十個甲側：如此現成，更可怕！紙鉸的青面白發的鬼來，并兩個紙人，庚側：如此現成，想賊婆所害之人，豈止寶玉、阿鳳二人哉？大家太君、夫人，誡（原作誠）之，慎之（原無）！遞與趙姨娘，又悄悄地（十一）教他道：『把他兩個的年庚八字寫在這兩個紙人身上，庚眉：寶玉系馬道婆寄名幹兒，一樣下此毒手，況阿鳳乎？三姑六婆之爲害如此。即賈母之神明，在所不免；其他祗知吃齋念佛之夫人、太君，豈能防範（原作慊）得來？此系老太君一大病。作者一片婆心，不避嫌疑，特爲寫出，使看官再四思之，慎之！戒之，戒之！一并五個鬼都掖在他們各人的床上就完了。我祗在家裏作法，自有效驗。

千萬小心，不要害怕！』正才說完，祇見王夫人的丫鬟進來找道：『奶奶可在這裏，太太等你呢。』二人方散了，不在話下。

卻說林黛玉因見寶玉近日燙了臉，總不出門，倒時常在一處說說話兒。這日飯後，看了兩篇書，自覺無趣，便同紫鵑、雪雁做了一會針綫，更覺煩悶。便倚着房門出了一會神，所謂『閑倚綉房吹柳絮』是也。信步出來，看階下新迸出的稚笋，庚側：好，好！妙，妙！是翻（原作番）『笋根稚子無人見』句也。◎甲側：妙，妙！『笋根稚子無人見』，今得顰兒一見，何幸如之！不覺出了院門。一望園中，四顧無人；甲側：恐冷落園亭花柳，故有是十數字也。惟見花光柳影，鳥語溪聲。庚側：全用畫家筆意寫法。林黛玉信步便往怡紅院中來，祇見幾個丫頭舀水，都在回廊上圍着看畫眉洗澡呢。庚側：閨中女兒樂事。聽見房內有笑聲，林黛玉便進入了房中看時，原來是李宮裁、鳳姐、寶釵都在這裏呢。一見他進來，都笑道：『這不又來了一個。』林黛玉笑道：『今日齊全。誰下帖子請來的？』鳳姐道：『前日我打發了丫頭送了兩瓶茶葉去，庚側：有照應。你往那裏去了？』林黛玉笑道：『我可是倒忘了，庚側：該云：『我正看《會真記》呢！』一笑。多謝多謝。』鳳姐兒又道：『你嘗了可還好？』沒有說完，寶玉便說：『論理可倒罷了，庚眉：二寶答言是補出諸艷俱領過之文。□□乙酉冬，雪窗，畸笏老人。祇是我說不大甚好，也不知別人嘗着怎麼樣。』寶釵道：『味倒輕，祇是顏色不很好些。』鳳姐道：『那是暹羅進貢來的。我嘗着也沒什麼趣味兒，還不如我每日吃的呢。』林黛玉道：『我吃着好，甲側：卿愛，因味輕也。卿如何擔得起味厚之物耶？不知你們的脾胃是怎樣？』寶玉道：『你果然愛吃，把我這個你拿了去吃罷。』鳳姐笑道：『你要愛吃，我那裏還有呢。』林黛玉道：『果真的，我就打發丫頭取去了。』鳳姐道：『不用取去，我打發人送來就是了。我明日還有一件事求你，一同打發人送來。』

林黛玉聽了笑道：『你們聽聽，這是吃了他們家一點子茶葉，便來使喚了。』鳳姐笑道：『倒求你，你倒說這些閑話，吃茶吃水的，你既吃了我們家的茶，怎麼不給我們家做媳婦？』衆人聽了，一齊都笑起來。甲側：二玉事，在賈府上下諸人——即看書人、批書人，皆信定一段好夫妻，書中常常每每道及；豈其不然？嘆嘆！◎庚側：二玉之配偶，在賈府上下諸人，即觀者、批者、作者皆謂（原作爲）無疑，故常常有此等題語。我也要笑。林黛玉紅了臉，一聲兒不言語，便回過頭去了。李宫裁笑向寶釵道：『真真我們二嬸子的詼諧是好的。』庚側：好贊！該他贊！林黛玉道：『什麼詼諧，不過是貧嘴賤舌，討人厭惡罷了。』庚側：此句還要候查。說着便啐了一口。鳳姐笑道：『你做夢！你給我們家做了媳婦，少什麼？』指寶玉道：『你瞧瞧，人物兒、門第配不上？庚側：大大一瀉，好接下文。根基配不上？模樣兒配不上？家私配不上？那一點還玷辱了誰呢？』

林黛玉抬身就走。寶釵便叫：『顰兒急了，還不回來坐着。走了倒沒意思。』說着，便站起來拉住。剛至房門前，祇見趙姨娘和周姨娘兩個人進來瞧寶玉。』李宫裁、寶釵、寶玉等都讓他兩個坐。獨鳳姐祇和林黛玉說笑，正眼不看他們。寶釵方欲說話時，衹見王夫人房內的丫頭來說：『舅太太來了，請奶奶、姑娘出去呢。』李宮裁聽了，連忙叫着鳳姐等走了。趙、周兩個也忙辭了寶玉出去。寶玉道：『我也不能出去，你們好歹別叫舅母進來。』又道：『林妹妹，你先略站一站，我說一句話。』鳳姐聽了，回頭向林黛玉笑道：『有人叫你說話呢。』說着，便把林黛玉往裏一推，和李紈一同去了。

這裏寶玉拉着林黛玉的袖子，衹是嘻嘻的笑，（庚側：此刻好看之至！）心裏有話，衹是口裏說不出來。（庚側：是已受鎮，『說不出來』，勿得錯會了意。）此時林黛玉衹是禁不住把臉紅漲起來，掙着要走。寶玉道『哎喲！好頭疼！』（庚側：自黛玉看書起，閑閑一段寫來，真無容針之空。如夏日烏雲四起，疾閃長雷不絶，不知雨落何時，忽然霹靂一聲，傾盆大注。何快如之！何樂如之！真令人寧不叫絶！）林黛玉道：『該！阿彌陀佛！』（庚眉：黛玉念佛，是吃茶之語在心故也。然摹寫神妙，一絲不漏如此。□□己卯冬夜。）寶玉大叫一聲：『我要死！』將身一縱，離地跳有三四尺高，口内亂嚷亂叫，說起胡話來了。林黛玉并丫頭們都唬慌了，忙去報知王夫人、賈母等。此時王子騰的夫人也在這裏，都一齊來時，寶玉益發拿刀弄杖，尋死覓活的，鬧得天翻地覆。賈母、王夫人見了，嚇的抖衣亂顫，且『兒』一聲、『肉』一聲放聲慟哭。于是驚動諸人，連賈赦、邢夫人、賈珍〔十二〕、賈政、賈璉、賈環、賈蓉、賈芸、賈萍、薛姨媽、薛蟠并周瑞家的〔十三〕、一幹家中上上下下裏裏外外衆媳婦、丫頭等，都來園内看視。登時亂麻一般。（庚側：寫玉兄驚動若許人忙亂，正寫與太君一人之鍾愛耳。看官勿被作者瞞過。正沒個主見，衹見鳳姐手持一把明晃晃鋼刀砍進園來，見鷄殺鷄，見狗殺狗，見人就要殺人。此處焉用鷄犬？然輝煌富麗，非處家之常。鷄犬閑閑，始爲兒孫千年之業，故于此處必用『鷄犬』二字，方是一族騰騰大舍。衆人益發慌了。周瑞媳婦忙帶着幾個有力量的膽壯的婆娘上去抱住，奪下刀來，抬回房去。平兒、豐兒等哭的泪天泪地。賈政等心中也有些煩難，顧了這裏，丢不下那裏。

別人慌張自不必講，獨有薛蟠更比諸人忙到十分了：庚側：寫呆兄忙，是『躲煩碎文字法』。好想頭，好筆力！《石頭記》最得力處在此。◎甲側：寫呆兄忙，是愈覺忙中之愈忙，且避文之絮煩。好筆杖（原作伏）！寫得出。又恐薛姨媽被人擠倒，又恐薛寶釵被人瞧見，又恐香菱被人臊皮——知道賈珍等是在女人身上做功夫的，甲側：從阿呆兄意中，又寫賈珍等一筆。妙！因此忙的不堪。忽一眼瞥見了林黛玉風流婉轉，已酥倒那裏。甲側：忙到容針不能。此似（原作以）唐突顰兒，却是寫『情』字萬不能禁止者。又可知顰兒之豐神若仙子也。◎忙中寫閑，真大手眼，大章法！

當下衆人七言八語，有的說請端公送祟的，有的說請巫婆跳神的，有的又薦玉皇閣的張真人，種種喧騰不一。也百般醫治祈禱，問卜求神，總無效驗。

看看日落，王子騰夫人告辭去後，次日王子騰也來瞧問。甲側：寫外戚，亦避正文之繁。接着小史侯家、邢夫人弟兄輩，并各親戚眷屬，都來瞧望，也有送符水的，也有薦僧道的，總不見效。他叔嫂二人愈發糊塗，不省人事，睡在床上，渾身火炭一般，口內無般不說。到夜晚間，那些婆娘、媳婦、丫頭們都不敢上前。因此把他二人都抬到王夫人的上房內，庚側：收拾（原作什）的得體正大。◎甲側：收拾得幹净，有着落。夜晚派了賈芸帶着小子們挨次輪班看守。賈母、王夫人、邢夫人、薛姨媽等寸地不離，衹圍着幹哭。此時賈赦、賈政又恐哭壞了賈母，日夜熬油費火，鬧的人口不安，也都沒有主意。賈赦還各處去覓僧尋道。賈政見不靈效，着實懊惱，庚側：四字寫盡政老矣。因阻賈赦道：『兒女之數，皆由天命，非人力可強者。他二人之病出于不意，百般醫治不效，想天意該如此，也衹好由他們去罷。』庚側：讀書人自應如是。賈赦也不理此話，仍是百般忙亂，那裏見些效驗。

看看三日光陰，那鳳姐和寶玉躺在床上，亦發連氣都將沒了。合家人口無不心慌，都說沒了指望，忙着將他二人的後事衣履都治備下了。賈母、王夫人、賈璉、平兒、襲人這幾個人更比諸人哭的忘餐廢寢，覓死尋活。趙姨娘、賈環等心自是稱願。補明趙嫗進怡紅爲行法也。

到了第四日早晨，賈母等正圍着寶玉哭時，衹見寶玉睜開眼，說道：『從今以後，我可不在你家了！庚側：『語不驚人死不休』，此之謂也。快收拾了，打發我走罷。』賈母聽了這話，如同摘去心肝一般。趙姨娘在旁勸道：『老太太也不必過于悲痛。庚側：斷不可少此句。哥兒也是不中用了，不如把哥兒的衣服穿好，讓他早些回去，也免些苦；

祇管捨不得他，這口氣不斷，他在那世也受罪不安生……』庚側：大遂心人，必有是語。這些話沒說完，被賈母照臉啐了一口唾沫，駡道：『爛了舌頭的混帳老婆，誰叫你來多嘴多舌的！你怎麼知道他在那世裏受罪不安生？怎麼見得不中用了？你願他死了，有什麼好處？你别做夢！他死了，我祇和你們要命。素日都不是你們調唆着逼他寫字念書，奇語！所謂溺愛者不明，然天生必有是一段文字的。把膽子唬破了，見了他老子不像個避貓鼠兒？都不是你們這起淫婦調唆的！這會子逼死了，你們遂了心，我饒那一個！』一面駡，一面哭。賈政在旁聽見這些話，心裏越發難過，便喝退趙姨娘，自己上來委婉解勸。一時又有人來回話：『兩口棺槨都做齊了，庚側：偏寫『一頭不了又一頭』之文，真步步緊！請老爺出去看。』賈母聽了，如火燒油一般，便駡：『是誰做了棺材？』一疊聲祇叫把做棺材的拉來打死。

正鬧的天翻地覆，沒個開交，祇聞得隱隱的木魚聲響，庚側：你看他不費絲毫勉强，輕輕收住數百言之文。《石頭記》得力處全在如此。以幻作真，以真作幻，看官亦要如此看法爲幸。念了一句：『南無解冤孽菩薩。有那人口不利，家宅顛傾，或逢凶險，或中邪祟者，我們善能醫治。』賈母、王夫人聽見這些話，那裏還耐得住，便命人去快請進來。賈政雖不自在，奈賈母之言如何違拗？想如此深宅，何得聽的這樣真切，甲側：作者是幻筆，合屋俱是幻耳，焉能無聞？心中亦希罕，甲側：政老亦落幻中。命人請了進來。衆人舉目看時，原來是一個癩頭和尚與一個跛足道人。僧因鳳，道因玉，一絲不亂。見那和尚是怎生模樣：

鼻如懸膽兩眉長，目似明星蓄寶光。破衲芒鞋無住迹，腌臢更有滿頭瘡。

那道人又是怎生模樣，但見：

一足高來一足低，渾身帶水又拖泥。相逢若問家何處，却在蓬萊弱水西。

賈政問道：『你道友二人在那廟焚修？』那僧笑道：『長官不須多話。庚側：避俗套法。因聞得府上人口不利，故特來醫治。』賈政道：『倒有兩個人中邪，不知你們有何符水？』那道人笑道：『你家現有希世奇珍，如何還問我們有符水？』賈政聽這話有意思，心中便動了。因說道：『小兒落草時雖帶了一塊寶玉下來，上面說能除邪祟，庚側：點題。誰知竟不靈驗。』那僧道：『長官！你那裏知道那物的妙用？祇因他如今被聲色貨利所迷，庚側：棒喝之聲。◎石且能迷，可知其害不小。觀者着眼，方可讀《石頭記》。故不靈驗了。讀書者觀之。你今且取他出來，待我們持誦持誦，祇怕就好了。』庚側：『祇怕』二字，是不知此石肯聽持誦否。

賈政聽說，便向寶玉項上取下那玉來，遞與他二人。那和尚接了過來，擎在掌上，長嘆一聲道：『青埂峰下一別，轉眼已過十三載矣！庚側：正點題，大荒山手捧時語。人世光陰，如此迅速，塵緣滿日，若似彈指！見此一句，令人可嘆，可驚！不忍往後再看矣。可羨你當時的那段好處：

天不拘來地不羈，心頭無喜亦無悲；

却因鍛煉通靈後，便向人間覓是非。〔庚：所謂『越不聰明，越快活』是也。〕

可嘆你今日這番經歷：

粉漬脂痕污寶光，綺櫳晝夜困鴛鴦。

沉酣一夢終須醒，〔甲側：無百年的筵席。〕冤孽償清好散場！』〔庚：又是一番鍛煉，焉得不成佛作祖？〕

念畢，又摩弄一會，說了些瘋話。遞與賈政道：『此物已靈，不可褻瀆。懸于卧室上檻，將他二人安在一室之內，除親身妻母外，不可使陰人衝犯。〔庚側：是要緊語，是不可不寫之套語。〕三十三日之後，包管身安病退，復舊如初。』說着，回頭便走了。〔庚眉：通靈玉除邪，全部百回衹此一見，何得再言。僧道踪迹虛實，幻筆幻想，寫幻人于幻文也。□□壬午孟夏，雨窗。◎通靈玉聽癩和尚二偈，即刻靈應，抵却前回若幹《莊（原作藏）子》及語録、機（原作譏）鋒、偈子，正所謂『物各有主』也。嘆不能得見『寶玉懸崖撒手（原作于）』文字爲恨。□□丁亥夏，畸笏叟。〕賈政趕着還說話，讓二人坐了吃茶，要送謝禮，他二人早已出去了。賈母等還衹管着人去趕，那裏有個踪迹。少不得依言，將他二人就安放在王夫人卧室之內，將玉懸在門上。王夫人親身守着，不許別個人進來。

至晚間，他二人竟漸漸醒來，〔庚側：肯聽持誦，故有是靈。〕說腹中饑餓。賈母、王夫人如得珍寶一般，〔庚側：昊天罔極之恩，如何得報？哭殺幼而喪父母者！旋熬了米湯，與他二人吃了。精神漸長，邪祟稍退，一家子才把心放下來。李宮裁并賈府三艷、薛寶釵、林黛玉、平兒、襲人等在外間聽消息。聞得吃了米湯，省了人事，别人未開口，林黛玉先就念了一聲『阿彌陀佛』。庚側：針對得病時一聲。薛寶釵便回頭看了他半日，『嗤』的一笑。衆人都不會意，惟惜春道：『寶姐姐，好好的笑什麽？』寶釵笑道：『我笑如來佛比人還忙：庚側：這一句作正意看，餘皆雅謔，但此一謔抵顰兒半部之謔。又要講經説法，又要普渡衆生；這如今寶玉、鳳姐姐病了，又燒香還願，賜福消災；今日才好些，又管林姑娘姻緣了。你説忙的可笑不可笑？』林黛玉不覺的紅了臉，啐了一口道：『你們這起人不是好人，不知怎麽死！再不跟着好人學，祇跟着鳳姐貧嘴爛舌的學。』一面説，一面摔簾子走出去了。不知端詳，且聽下回分解。

總評

欲深魔重復何疑，苦海冤河解者誰？結不休時冤日盛，井天甚小性難移。

甲：先寫紅玉數行引接正文，是不作開門見山文字。

燈油引大光明普照菩薩，大光明普照菩薩引五鬼魘魔法，是一綫貫成。

通靈玉除邪，全部袛此一見，却又不靈，遇癩和尚、跛道人一點方靈應矣。寫利欲之害如此。

此回本意是爲禁三姑六婆進門之害，難以防範。

庚：此回書因才幹乖覺太露引出事來，作者婆（原作頗）心爲世之乖覺人爲鑒。

校記

〔一〕原文無『便』字，據甲戌本補。

〔二〕此處的『揉搓』二字，原文爲『揉握』，蒙府本爲『揉挫』，據庚辰本改。

〔三〕此處的『戳燈』二字，原文爲『掉燈』，據庚辰本改。

〔四〕原文無『來』字，據庚辰本補。

〔五〕原文無『了』字，據庚辰本補。

〔六〕此處的『很』字，原文爲『狠』，據蒙府本改；後面正文中，凡類似的情況，『狠』字亦改爲『很』，不再加注。

〔七〕原文無『了』字，據甲戌本補。

〔八〕原文無『管』字，據庚辰本補。

〔九〕此處的『不服』二字，原文爲『不伏』，據甲戌本改。

〔十〕原文無『説』字，據蒙府本補。

〔十一〕此處的『又悄悄地教他』中的『地』字，原文爲『的』，校者改。

〔十二〕原文無『賈珍』二字，據蒙府本補。

〔十三〕原文無『的』字，據庚辰本補。

第二十六回

蜂腰橋設言傳心事　瀟湘館春困發幽情

【回前】一個是時才得傳消息，一個是舊喜化作新歌。真真假假事堪疑，哭向花林月底。

話說寶玉養了三十三天之後，不但身體強壯，亦且連臉上瘡痕平服，仍回大觀園內去。這也不在話下。且說近日寶玉病的時節，賈蕓帶着家下小厮坐更看守，晝夜在這裏，那紅玉同衆丫鬟也在這裏守着寶玉，彼此相見多日，都漸漸混熟了。那紅玉見賈蕓手裏拿着手帕子，倒像是自己從前丢的，待要問他，又不好問的。不料那和尚、道士來過，用不着一切男人，賈蕓仍種樹去了。這件事待要放下，心內又放不下；待要問去，又怕人猜疑。正是猶豫不決、神魂不定之際，忽聽窗外問道：『姐姐在屋裏沒有？』庚側：你看他偏不寫正文，偏有許多閑文，却是補遺。◎甲側：岔開正文，却是爲正文作引。紅玉聞聽，在窗眼内望外一看，原來是本院的個小丫頭名叫佳蕙的，因答說：『在這裏，你進來罷。』佳蕙聽了，跑進來，就坐在床上，笑道：『我好造化！才剛在院子裏洗東西，寶玉叫往林姑娘那裏送茶葉，庚側：前文有言。◎交代井井有法。花大姐姐交給我送去。可巧老太太那裏給林姑娘送錢來，庚側：是補寫否？正分給他們的丫頭們呢。庚眉：此等細事是舊族大家閨中常情，今特爲暴發錢奴寫來作鑒。一笑。□□壬午夏，雨窗。◎甲側：瀟湘常事出自別院婢口中，反覺新鮮。見我去了，林姑娘就抓了兩把給我，也不知多少。你替我收着。』便把手帕子打開，把錢倒了出來。紅玉替他一五一十的數了收起。

佳蕙道：『你這一程子，心裏到底覺怎麼樣？依我說，你竟家去住兩日，請一個大夫來瞧瞧，吃兩劑藥就好了。』紅玉道：『那裏的話，好好的，家去做什麼！』佳蕙道：『我想起來了，林姑娘生的弱，時常他吃藥，庚側：是補寫否？你就和他要些來吃，也是一樣。』閑言中叙出黛玉之弱。草蛇灰綫。紅玉道：『胡說！藥也是混吃的。』庚側：如聞。佳蕙道：『你這也不是個長法兒，又懶吃懶喝的，終久怎麼樣？』庚側：從旁人眼中口中出，妙極！紅玉道：『怕什麼，還不如早些死了倒幹淨！』庚側：此句令人氣噎，總在『無可奈何』上來。佳蕙道：『好好的，怎麼說這些話？』紅玉道：『你那裏知道我心裏的事！』

佳蕙點頭，想了一會，道：『可也怨不得，這個地方難站。就像昨兒老太太因寶玉病了這些日子，庚側：是補文否？說跟着伏侍的這些人都辛苦了，如今身上好了，各處還完了願，庚側：是補寫否？叫把跟着的人都按着等兒賞他們。庚側：是補寫否？我們算年紀小，上不去，不得，我也不抱怨；像你怎麼也不算在裏頭？庚側：道着心病。我心裏就不服。襲人那怕他得十分兒，也不惱他，原該的。說良心話，誰還敢比他呢？[庚側：確是（原作却論）公論，方見襲卿身份。]別說他素日殷勤小心，便是不殷勤小心，也拼不得。可氣晴雯、綺霰他們這幾個，都算在上等裏去，仗着老子娘的臉，衆人倒捧着他去。你說可氣不可氣？』紅玉道：『也不犯着氣他們。俗語說的好，「千裏搭長棚，沒有個不散的〔一〕筵席」，[此時寫出此等言語，令人墮泪！]誰守誰一輩子呢？不過三年五載，各人幹各人的去了。那時誰還管誰呢？』這兩句話，不覺感動了佳蕙心腸，[庚側：不但佳蕙，批書者亦泪下矣。]由不得眼睛紅了，又不好意思好端端〔二〕的哭，衹得勉強笑道：『你這話說的却是。昨兒寶玉還說，明兒怎麼樣收拾房子，怎麼樣做衣裳，[庚側：還是補文。]倒像有幾百年熬煎。』[庚眉：紅玉一腔委屈怨憤，系身在怡紅不能遂志，看官勿錯認爲蕓兒害相思也。己卯冬。◎『獄神廟』回有茜雪、紅玉一大回文字，惜迷失無稿。嘆嘆！丁亥夏，畸笏叟。◎却是小女兒口中無味之談，實是寫寶玉不如一鬟婢。]

紅玉聽了，冷笑了兩聲，方才說話，[文字又一頓。]衹見一個未留頭的小丫頭子走進來，手裏拿着些花樣子并兩張紙，說道：『這是兩個樣子，叫你描出來呢。』說着，向紅玉擲下，回身就跑了。紅玉向外問道：『倒是誰的？也等不得說完就跑，誰蒸下饅頭等着你，怕冷了不成！』那小丫頭在窗外衹說得一聲：『是綺大姐姐的。』[庚側：又是不合適（原作式）之言，戳（原作擢）心語。]抬起腳來，『咕咚』『咕咚』又跑了。[庚側：活龍活現之文。]紅玉便賭氣[庚側：如畫。]把那樣子擲在一邊，[庚側：何如？]向抽屜內找筆，找了半天都是禿了的，因說道：『前兒一枝新筆，[庚側：是補文否？]放在那裏了？怎麼一時想不起來。』庚側：既在矮檐下，怎敢不低頭？一面說，一面出神。總是畫境。想了一會，方笑道：『是了，前兒晚上鶯兒拿了去了。』庚側：還是補文。便向佳蕙道：『替我取了來。』佳蕙道：『花大姐姐還等着我替他抬箱子呢，你自取去罷。』紅玉道：『他等着你，你還坐着閑打牙兒？庚側：襲人身份。我不叫你取去，他也不等着你了。壞透了的小蹄子！』說着，自己便出房來。出了怡紅院，一徑往寶釵院內來。庚側：曲折再四，方逼出正文來。

剛至沁芳亭畔，衹見寶玉的奶娘李嬤嬤從那邊走來。奇文！真令人不得機關。紅玉立住笑問道：『李奶奶，你老人家那去了？怎打這裏來？』李嬤嬤站住，將手一拍道：『你說說，好好的又看上了甲側：囫圇不解語。那個種樹的什麽雲哥兒、雨哥兒的，奇文，神文！這會子逼着我叫了他來。明兒叫上房裏聽見，可又是不好。』甲側：更不解。紅玉笑道：『你老人家當真的就依着他去叫了？』是遂心話。李嬤嬤道：『可怎麽樣呢？』妙！的是老嫗口氣。紅玉笑道：『那一個要是知道好歹，甲側：更不解。就回不進來才是。』是私心話。神妙！李嬤嬤道：『他又不痴，為什麽不進來？』紅玉道：『既要進來，你老人家該同他一齊來，叫他一個人亂碰，可是不好呢。』總是私心語，要直問又不敢，衹用這等語慢慢的套出。有神理！李嬤嬤道：『我有那樣工夫和他走？不過告訴了他，回來打發個小丫頭子或是老婆子，帶他進來就完了。』說着，拄着拐一徑去了。紅玉聽說，便站着出神，且不去取筆。總是不言神情，另出花樣。

一時，衹見一個小丫頭子跑來，見紅玉站在那裏，便問道：『林姐姐，你在這裏做什麼呢？』紅玉抬頭見是小丫頭子墜兒。墜兒者，『贅』也。人生天地間已是贅疣，况又生許多寃情孽債。是可爲之一嘆！紅玉道：『那去？』墜兒道：『叫我帶進芸二爺來。』庚側：等的是這句話。說着，一徑跑了。

這裏紅玉剛走至蜂腰橋門前，衹見那邊墜兒引着賈芸來了。妙！不說紅玉不走，亦不說走，衹說『剛走到』三字，可知紅玉有私心矣。若說出必定不走，必定走，則文字死板，亦且棱角過露，非寫女兒之筆也。那賈芸一面走，一面把眼向紅玉一溜；那紅玉衹裝着和墜兒說話，也把眼去一溜賈芸：四目卻相對時，紅玉不覺臉紅了，看官至此，須掩卷細想：上二十回中，篇篇句句點『紅』字處，可與此處想，如何？一扭身往蘅蕪院去了。不在話下。

這裏賈芸隨着墜兒，逶迤來至怡紅院中。墜兒先進去回明了，然後方領賈芸進去。賈芸看時，衹見院內略略有幾點山石，種着芭蕉，那邊有兩衹仙鶴在鬆樹下剔翎。一溜回廊上吊着各色籠子，各色仙禽异鳥。上面小小五間抱廈，一色雕鏤新鮮花樣隔窗。上面懸着一個匾額，四個大字，題道是『怡紅快綠』。賈芸想道：『怪道叫「怡紅院」，原來匾上是恁樣四個字。』傷哉！轉眼便紅稀綠瘦矣。可嘆！正想着，衹聽裏面隔着紗窗子笑說道：庚側：此文若張僧繇點睛之龍，破壁飛矣，焉得不拍案叫絶！『快進來罷。我怎麼就忘了你兩三個月！』賈芸聽得是寶玉的聲音，連忙進入房內。抬頭一看，衹見金碧輝煌，庚側：不能細覽之文。◎甲側：器皿叠叠。◎器皿。文章閃灼，庚側：不得細玩之文。◎甲側：陳設壘壘。◎陳設。卻看不見寶玉在那裏。庚側：武夷九曲之文。一回頭，衹見左邊立着一架大穿衣鏡後，轉出兩個一般大的十五六歲的丫頭來，說：『請二爺裏頭屋裏坐。』賈芸正眼也不敢看，連忙答應了。又進一道碧紗櫥，衹見小小一張填漆床上，懸着大紅銷金灑花帳子。寶玉穿着家常衣服，趿着鞋，倚在床上，拿着本書看。庚側：這是等芸哥看，故作款式。若果真看書，在隔紗窗子說話時已放下了。玉兄若見此批，必云：『老貨！他處處不放鬆我，可恨，可恨！』回思將余比作釵、顰等乃一知己，余何幸也！一笑。見他進來，將書擲下，早堆着笑立起身來。庚側：小叔身段。賈芸忙上前請了安。寶玉讓坐，便在下面一張椅子上坐了。寶玉笑道：『衹從那個月見了你，我叫你往書房裏來，誰知接接連連許多事情，就把你忘了。』賈芸笑道：『總是我沒福，偏偏又遇着叔叔身上欠安。叔叔如今可大安了？』寶玉道：『好了。我倒聽見說你辛苦了好幾天。』賈芸道：『辛苦也是該當的。叔叔大安了，也是我們一家子的造化。』庚側：誰一家子？可發一大笑！◎甲側：不倫（原作論）不類（原作理）迎合字樣。口氣逼肖。可笑，可嘆！

說着，衹見有個丫鬟端了茶來與他。那賈芸口裏和寶玉說着話，眼睛卻溜瞅那丫鬟：庚側：此句是認人，非前溜紅玉之文。◎甲側：前寫不敢正視，今又如此寫，是用茶來，有心人故留此神，于接茶時站起，方不突然。細挑身材，容長臉面，穿着銀紅襖子，青緞背心，白綾細褶裙。——不是別個，卻是襲人。庚側：《水滸》文法，用的恰（原作怯）當，是芸哥眼中也。那賈芸衹從寶玉病了，他在裏頭混了兩天，他都把那有名人口都記了一半。一路總寫（原作是）賈芸是個有心人，一絲不亂。他也知道襲人在寶玉房中比別個不同，庚側：何如？可知前批非謬。今見他端了茶來，寶玉又在旁邊坐着，便忙站起來，笑道：『姐姐怎麼替我倒起茶來？我來到叔叔這裏，又不是客，讓我自己倒罷。』總寫賈蕓乖覺，一絲不亂。寶玉道：『你衹管坐着罷。丫頭們跟前也是這樣。』賈蕓笑道：『雖如此說，叔叔房裏姐姐們，我怎麼敢放肆呢。』甲側：紅玉何以使得？一面說，一面坐下吃茶。

那寶玉便和他說些沒要緊的散話。妙極，是極！況寶玉又有何正經可說的。◎庚：此批被作者騙過了。又說道誰家的戲子好，誰家的花園好，又告訴他誰家的丫頭標致，誰家的酒席豐盛，又是誰家有奇貨，又是誰家有异物。幾個『誰家』，自北静王、公、侯、駙馬諸大家包括盡矣，寫盡紈袴口角。對蕓哥原無可說之話，故閑叙。那賈蕓口裏衹得順着他說。說了一會，見寶玉有些懶懶的了，便起身告辭。寶玉也不甚留，衹說：『你明兒閑了，衹管來。』仍命小丫頭子墜兒送他出去。

出了怡紅院，賈蕓見四顧無人，便把腳慢慢停着些走，口裏一長一短和墜兒說話。先問他『幾歲了？名字叫什麼？你父母在那一行上？在寶叔房内幾年了？漸漸入港（原無）。一個月多少錢？共總寶叔房内有幾個女孩子？』那墜兒見問，便一樁樁的都告訴他了。賈蕓又道：『才剛那個與你說話的，他可是叫小紅？』墜兒笑道：『他便叫小紅。你問他做什麼？』賈蕓道：『方才他問你什麼手帕子，我倒揀了一塊。』墜兒聽了笑道：『他問了我好幾遍，可看見他的手帕子。我有那麼大工夫管這些事！今兒他又問我，他說替他找着了，他還謝我呢。庚側：『傳』字正文，此處方露。才在蘅蕪院門口說的，二爺也聽見了，不是我撒謊。好二爺，你既揀了，給我罷。我看他拿什麼謝我。』

原來上月賈蕓進來種樹之時，便揀了一塊羅帕，便知是在園內的人失落的，但不知是那一個人的，故不敢造次。今聽見紅玉問墜兒，便知是紅玉的，心内不勝喜幸。又見墜兒追索，心中早已得了主意，便向袖内將自己的一塊取了出來，向墜兒笑道：『我給是給你，你若得了他的謝禮，可不許瞞着我。』墜兒滿口裏答應了，接了手帕子，送出賈蕓，回來找紅玉。不在話下。至此一頓，狡滑之甚！◎庚：原非書中正文之人，寫來閒色耳。

如今且說寶玉打發了賈蕓去後，意思懶懶的歪在床上，似有朦朧之態。襲人便走上來，坐在床沿上推他，說道：『怎麼又要睡覺？悶的慌，你出去逛逛不是？』寶玉見說，便拉他的手笑道：『我要去，祇是捨不得你。』襲人笑道：『快起來罷！』庚側：不答上文。妙極！一面說，一面拉了寶玉起來。寶玉道：『可往那裏去呢？怪膩膩煩煩的。』庚側：玉兒最得意之文，起筆却如此寫。襲人道：『你出去了就好了。祇管這麼葳蕤，越發心裏煩膩。』

寶玉無精打采的，祇得依他。晃出了房門，在回廊上調弄了一會雀兒；出至院外，順着沁芳溪看了一會金魚。祇見那邊山坡上兩祇小鹿箭也似的跑來，寶玉不解何意。甲側：余亦不解。正自納悶，祇見賈蘭在後面拿着一張小弓追了下來。庚側：此等文可是人能意料的？◎甲側：前文。一見寶玉在前面，便站住了，笑道：『二叔叔在家裏呢，我祇當出門去了。』寶玉道：『你又淘氣了。好好的射他做什麼？』賈蘭笑道：『這會子不念書，閑着做什麼？所以演習演習騎射。』庚側：答的何其堂皇正大，何其坦然之至！寶玉道：『把牙栽了，那時才不演呢。』甲側：奇文奇語，默思之方意會。爲玉兄毫無一正事，祇知安富尊榮而寫。

說着，順着腳一徑來至一個院門前，庚側：像無意。祇見鳳尾森森，龍吟細細。與後文『落葉蕭蕭，寒烟漠漠』一對，可傷可嘆！舉目望門上一看，祇見匾上寫着『瀟湘館』三字。庚側：原無意。三字如此出，足見真出無意。◎甲側：無一絲心迹，反似初至者，故接有忘形忘情話來。寶玉信步走入，祇見湘簾垂地，悄無人聲。走至窗前，覺得一縷幽香從碧紗窗中暗暗透出。甲側：寫得出，寫出得！寶玉便將臉貼在紗窗上，往裏看時，耳內忽聽未曾看見，先聽見。有神理。得細細的長嘆了一聲道：『每日家情思睡昏昏。』庚眉：先用『鳳尾森森，龍吟細細』八字，『一縷幽香自紗窗中暗暗透出』，『細細的長嘆一聲』等句，方引出『每日家情思睡昏昏』仙音妙音來，非純化工夫之筆不能，可見行文之難。二玉這回文字，作者亦在無意上寫來，所謂『信手拈來無不是』是也。◎甲側：用情，忘情。神化之文！寶玉聽了，不覺心内癢將起來。再看時，祇見黛玉在床上伸懶腰。有神理，真真畫出！寶玉在窗外笑道：『為甚麼「每日家情思睡昏昏」？』一面說，一面掀簾子進來了。

林黛玉自覺忘情，不覺紅了臉，拿袖子遮了臉，翻身向裏裝睡着了。寶玉才走上來要扳他的身子，祇見黛玉的奶娘并兩個婆子卻跟了進來，甲側：一絲不漏，且避若幹嚼（原作咬）蠟之文。說：『妹妹睡覺呢，等醒了再請來。』剛說着，黛玉便翻身坐了起來，笑道：『誰睡覺呢。』妙極！可知黛玉是怕寶玉去也。那兩三個婆子見黛玉起來，便笑道：『我們祇當姑娘睡着了。』說着，便叫紫鵑說：『姑娘醒了，進來伺候。』一面說，一面都去了。

黛玉坐在床上，一面抬手整理鬢發，一面笑向寶玉道：『人家睡覺，你進來做什麼？』寶玉見他星眼微餳，香腮帶赤，不覺神魂早蕩。一歪身坐在椅子上，笑道：『你才說什麼？』黛玉道：『我沒說什麼。』寶玉笑道：『給你個榧子吃！我都聽見了。』

二人正說話，祇見紫鵑進來。寶玉笑道：『紫鵑，把你們的好茶倒碗我吃。』紫鵑道：『那裏是好的呢？要好的，祇是等襲人來。』黛玉道：『別理他，你先給我舀水去罷。』紫鵑笑道：『他是客，自然先倒了茶來再舀水。』說着，倒茶去了。寶玉笑道：『好丫頭，「若共你多情小姐同鴛帳，怎捨得疊被鋪床？」』庚側：真正無意忘情。衡口而出之語。◎庚眉：方才蕓哥見所拿之書，一定是（原作見是）《西廂》。不然，如何忘情至此？黛玉登時撂下臉來，庚側：我也要惱。說道：『二哥哥，你說什麼？』寶玉笑道：『我何嘗說什麼。』黛玉便哭道：『如今新興的，外頭聽了村話來，也說給我聽；看了混帳書，也來拿我取笑兒。我成了替爺們解悶的！』一面哭着，一面下床來，往外就走。寶玉不知要怎樣，心下慌了，忙趕上來：『好妹妹，我一時該死，你別告訴去。我再要敢，嘴上就長個疔，爛了舌頭。』

正說着，祇見襲人走來，說道：『快回去穿衣服，老爺叫你呢。』庚眉：若無如此文字收拾二玉，寫顰無非至再哭慟哭，玉祇以陪盡小心軟求漫懇，二人一笑而止；且書內若此亦多多矣，未免有犯雷同之病，故用險句結住，使二玉心中不得不將現事抛却，各懷一驚心意，再作下文。□□壬午孟夏，雨窗，畸笏。寶玉聽了，不覺打了個雷一般，庚側：不止玉兄一驚，即阿顰亦不免一嚇。作者祇顧寫來收拾二玉之文，忘却顰兒也。想作者亦似寶玉道《西廂》之句，忘情而出也，呵呵！也顧不得別的，疾忙回家穿衣服。出園來，祇見焙茗在二門前等着。寶玉問道：『你可知道叫我是為什麼？』焙茗道：『爺，快出來罷，橫豎是見去的，到那裏就知道了。』一面說，一面催着寶玉。

轉過大廳，寶玉心裏還自狐疑。祇聽牆角邊一陣哈哈大笑，回頭祇見薛蟠拍着手跳了出來，笑道：『要不說姨夫叫你，你那裏出來的這麼快。』焙茗也笑着跪下了。甲側：如此戲弄，非呆兄無人。欲釋二玉，非戲弄不能立解。勿得泛泛看過。不知作者胸中有多少丘壑！寶玉怔了半天，方解過來，是哄他。薛蟠打恭作揖賠不是，庚側：酷肖！又求：『不要難為了小子，都是我逼他去的。』寶玉也無法了，祇好笑，因道：『你哄我也罷了，怎麼說我父親呢？我告訴姨媽去，評評這個理，可使得麼？』薛蟠忙道：『好兄弟，我原為求你快些出來，就忘了忌諱這句話。改日你也哄我，說我的父親就完了。』庚側：真真亂話！◎甲側：寫粗豪無心人。逼（原作畢）肖！寶玉道：『哎，哎，越發該死了。』又向焙茗道：『反叛肏的，還跪着做什麼！』焙茗連忙叩頭起來。薛蟠道：『要不是，我也不敢驚動，祇因明兒五月初三日是我的生日，誰知古董行的程日興，他不知那裏尋了來的這麼粗、這麼長、粉脆的鮮藕，庚側：如見如聞。這麼大的大西瓜，這麼長一尾新鮮的鱘魚，這麼大的一個暹羅國進貢的靈柏香熏的暹豬。你說，他這四樣禮可難得不難得？那魚、豬不過貴而難得，這藕和瓜虧他怎麼種出來的。我連忙孝敬了母親，趕着給你們老太太、姨父、姨母送了些去。如今留了些，我要自己吃，恐怕折福；庚側：呆兄亦有此話！批書人至此，誦《往生咒》至恒河沙數也。左思右想，除我之外，惟有你還配吃，庚側：此語令人哭不得，笑不得，亦真心語也。所以特請你來。可巧唱曲兒的一個小兒又才來了，我同你樂一日何如？』

一面說，一面來至他書房裏。祇見詹光、程日興、胡斯來、單聘仁等并唱曲兒的都在這裏，見他進來，請安的，問好的，都彼此見過了。吃了茶，薛蟠即命人擺酒來。說猶未了，衆小廝七手八腳擺了半天，庚側：又一個寫法。方才停當歸坐。寶玉果見瓜、藕新异，因笑道：『我的壽禮還未送來，倒先擾了。』薛蟠道：『可是呢，明兒你送我什麼？』庚側：逼（原作畢）真！酷肖！寶玉道：『我可有什麼可送的？若論銀錢吃穿等類的東西，究竟還不是我的；庚側：誰說的出？經過者方說得出。嘆嘆！惟有我寫一張字，畫一張畫，才算是我的。』

薛蟠笑道：『你提畫兒，我才想起來了。昨兒我看人家一張春宮，畫的着實好。庚側：啊！呆兄所見之畫也！上面還有許多的字，我也沒細看，祇看落的款，原來是「庚黄」畫的。甲側：奇文，奇文！真真好的了不得！』寶玉聽說，心下猜疑道：『古今字畫也都見過些，那裏有個「庚黃」？』想了半天，不覺笑將起來。命人取過筆來，在手心裏寫了兩個字，又問薛蟠道：『你看真了是「庚黃」？』薛蟠道：『怎麼看不真！』庚眉：閑事順筆，將罵死不學之紈袴。□□壬午，雨窗，畸笏。寶玉將手一撒，與他看道：『別是這兩字罷？其實「庚黃」相去不遠。』衆人都看時，原來是『唐寅』兩個字，都笑道：『想必是這兩字，大爺一時眼花了也未可知』。薛蟠祇覺沒意思，庚側：實心人。笑道：『誰知他「糖銀」「果銀」的。』

正說着，小廝來回：『馮大爺來了』。寶玉便知是神武將軍馮唐之子馮紫英來了。薛蟠等一齊都叫『快請』。說猶未了，祇見馮紫英一路說笑，已進來了。庚側：如見如聞。◎甲側：一派英氣如在紙上，特爲金閨潤色也。衆人忙起席讓坐。馮紫英笑道：『好呀！也不出門了，在家裏高樂罷。』庚側：如見其人于紙上。寶玉、薛蟠都笑道：『一向少會，老世伯身上康健？』紫英答道：『家父倒也托庇康健。近來家母偶着些風寒，不好了兩天。』庚眉：紫英豪俠，小小一段，是爲金閨間色之文。□□壬午，雨窗。◎寫倪二、紫（原無）英、湘蓮、玉菡俠文，皆各得傳真寫照之筆。□□丁亥夏，畸笏叟。◎惜衛若蘭射圃文字迷失無稿。嘆嘆！□□丁亥夏，畸笏叟。薛蟠見他面上有些青傷，便笑道：『這臉上又和誰揮拳的？挂了幌子了。』馮紫英笑道：『從那一遭把仇都尉的兒子打傷了，我就記了，再不慪氣，如何又揮拳？這個臉上，是打圍在鐵網山，教兔鶻捎一翅膀。』庚側：如何着（原作看）想？新奇字樣。寶玉道：『幾時的話？』

紫英道：『三月二十八日去的，前兒也就回來了。』寶玉道：『怪道前兒初三四兒，我在沈世兄家去，不見你呢。我要問，不知怎麼就忘了。單你去了，還是老世伯也去了？』紫英道：『可不是家父去，我沒法兒，去罷了。難道我閑瘋了，咱們幾個人吃酒聽唱的不樂，尋那個苦惱去？這一次，大不幸之中又大幸。』

甲側：似又伏一大事樣，英俠人累累如是，令人猜摹。

薛蟠衆人見他吃完了茶，都說道：『且入席，有話慢慢的說。』庚側：餘文再述。馮紫英聽說，便立起身來，說道：『論理，我該陪飲幾杯才是。衹是今兒有一件大大要緊事，回去還要見家父面回，實不敢領。』薛蟠、寶玉衆人那裏肯依，死拉着不放。馮紫英笑道：『這又奇了。庚側：如聞如見。你我這些年，那一回有這個道理的？果然不能遵命。若必定叫我領，拿大杯來，庚側：寫豪爽人如此。我領兩杯就是了。』衆人聽說，衹得罷了，薛蟠執壺，寶玉把盞，斟了兩大海。那馮紫英站着，一氣而盡。庚側：爽快人如此，令人羨煞！◎甲側：令人快活煞！寶玉道：『你到底把這個「不幸之幸」說完了再走。』馮紫英笑道：『今兒說的也不盡興。我為這個，還要特治一東，請你們去細談一談；一則還有可懇之處。』說着，執手就走。薛蟠道：『越發說的人熱刺刺的丟不下。多早晚才請我們，告訴了，也免的人猶疑。』庚側：實心人如此，絲毫形迹俱無，令人痛快煞！馮紫英道：『多則十日，少則八天。』一面說，一面出門，上馬去

了。衆人回來，依席又飲了一回方散。〔甲側：收拾得好！〕

寶玉回至園中，襲人正記挂着他去見賈政，不知是禍是福；〔庚側：下文伏綫。◎甲側：生員切己之事，時刻難忘。〕祇見寶玉醉醺醺回來，問其原故，寶玉一一向他說了。襲人道：『人家牽腸挂肚的等着，你且高樂去了，到底打發人來給個信兒。』寶玉道：『我何嘗不要送信兒，祇因馮世兄來了，就混忘了。』

正說着，祇見寶釵走進來，笑道：『偏了我們新鮮東西了。』寶玉笑道：『姐姐家東西，自然先偏了我們了。』寶釵搖頭笑道：『昨兒哥哥倒特特的請我吃，我不吃他，叫他留着送人請人罷。我知道我的命小福薄，不配吃那個。』〔甲側：暗對呆兄言寶玉『配吃』語。〕說着，丫鬟倒了茶來，吃茶說閑話兒，不在話下。

卻說那林黛玉聽見賈政叫了寶玉去了，一日不回來，心中也替他憂慮。〔甲側：本是切己事。〕至晚飯後，聞得寶玉來了，心裏要找他問問是怎麼了。〔庚側：這席東道是和事酒不是？◎甲側：呆兄此（原作比）席，的是合和筵也。一笑！〕一步步行來，見寶釵進寶玉的院内去了，〔甲側：《石頭記》最（原作是最）好看處，是（原無）此等章法。〕自己也便隨後走了來。剛到了沁芳橋，祇見各色水禽都在池中浴水，也認不出名色來，但見一個個文彩炫〔三〕耀，好看异常，因而站住看了一會。〔庚側：『避難法』。〕再往怡紅院來，祇見院門關着，黛玉便以手扣門。

誰知晴雯和碧痕正拌了嘴，沒好氣。忽見寶釵來了，那晴雯正把氣移在寶釵身上，（庚眉：晴雯遷（原作遣）怒是常事耳，寫于（原無）釵、顰二卿身上，與踢襲人之文，今人于何處設想着筆？丁亥夏，畸笏叟。）正在院內抱怨說：『有事沒事跑了來坐着，（庚側：犯寶卿，如此寫法。）叫我們三更半夜的不得睡覺！』（庚側：指明人，則暗寫。）忽聽又有人叫門，晴雯越發動了氣，也并不問是誰，（庚側：寫黛玉如此犯。不知人，則明寫。）便說道：『都睡下了，明兒再來罷！』林黛玉素知丫頭們的情性，他們彼此玩耍慣了〔四〕，恐怕院內的丫頭沒聽真是他的聲音，衹當是別的丫頭們了，所以不開門，因而又高聲說道：『是我，還不開麼？』晴雯偏生還沒聽出來，（庚側：想黛玉高聲，亦不過你我平常說話耳，況晴雯素昔浮躁（原作燥）多氣之人，如何辨得出？此刻須得批書人唱『大江東去』的喉嚨，嚷着『是我林黛玉叫門』方可。又想：若開開門，如何有後面許多好字樣、好文章看，觀者意爲是否？）便使性子說道：『憑你是誰，二爺吩咐的，一概不許放人進來呢！』林黛玉聽了，不覺氣怔在門外。待要高聲問他，逗起氣來，自己又回思一番：『雖說是母舅家如同自己家一樣，到底是客邊。（庚側：寄食者着眼，況顰兒何等人乎。）如今父母雙亡，無依無靠，現在他家依棲。如今認真淘氣，也覺沒趣。』一面想，一面又滾下泪珠來。正是回去不是，站着不是。正沒主意，衹聽裏面一陣笑語之聲，細聽一聽，竟是寶玉、寶釵二人。林黛玉心中益發動了氣，左思右想，忽然想起早起的事來：『必竟是寶玉惱我要〔五〕告他的原故。但衹我何嘗告你去了，你也不打聽打聽，就惱我到這步田地。你今兒不叫我進來，難道明兒就〔六〕不見面了！』越想越傷感起來，也不顧蒼苔露冷，花徑風寒，獨立牆角邊花陰之下，悲悲戚戚嗚咽起來。甲側：可憐煞！可疼煞！余亦泪下。

原來這林黛玉秉絕代姿容，具希世俊貌，不期這一哭，那附近柳枝花朵上的宿鳥栖鴉一聞此聲，俱忒楞楞飛起遠避，不忍再聽。真是：

花魂默默〔七〕無情緒，鳥夢痴痴何處驚。庚側：『沉魚落雁』『閉月羞花』，原來是哭了出來的！一笑。

因有一首詩道：

顰兒才貌世應稀，獨抱幽芳出綉閨；
嗚咽一聲猶未了，落花滿地鳥驚飛。

那林黛玉正自啼哭，忽聽『吱嘍』一聲，院門開處，不知是那一個出來。要知端的，且聽下回分解。

甲：每閱此本掩卷者，十有八九不忍下閱看完，想作者此時，泪下如豆矣！

總評

喜相逢，三生注定；遺手帕，月老紅絲。幸得人語説連理，又忽見他枝并蒂。難猜未解細追思。罔多疑，空向花枝哭月底。

甲：此回乃顰兒正文，故借小紅許多曲折瑣瑣之筆作引。怡紅院見賈蕓，寶玉心内似有如無，賈蕓眼中應接不暇。黛玉望怡紅之泣，是『每日家情思睡昏昏』上來。

校記

〔一〕原文無『的』字，據蒙府本補。
〔二〕『好端端』，原文是『好端』，據蒙府本改。
〔三〕此『炫』字原文寫作『炫』，爲諱『玄燁』（康熙之名）而缺一筆。
〔四〕原文無『了』字，據庚辰本改。
〔五〕原文無『要』字，據庚辰本改。
〔六〕此處的『就』字，原文爲『又』據蒙府本改。
〔七〕此處的『默默』字，原文爲『點點』據庚辰本改。

第二十七回

滴翠亭楊妃戲彩蝶　埋香冢飛燕泣殘紅

【回前】《葬花吟》是大觀園諸艷之歸源小引，故用在餞花日諸艷畢集之期。餞花日不論其典與不典，祇取其韵耳。

話説林黛玉正自悲泣，忽聽院門響處，祇見寶釵出來了，寶玉、襲人一群人送了出來。待要上去問着寶玉，又恐當着衆人問羞了寶玉不便，因而閃過一旁，讓寶釵去了。寶玉等進去閉了門，方轉過來，猶望着門灑了幾點泪。庚側：四字閃煞顰兒也！自覺無味，方轉身回來，無精打采的卸了殘妝。

紫鵑、雪雁素日知道林黛玉的情性：無事悶坐，不是愁眉，便是長嘆；庚側：畫美人之秘訣。且好端端的不知為什麼，常常的便自泪自幹的。庚側：補寫，却是『避繁文法』。先時還有人解勸，或怕他思父母，想家鄉，受了委屈，祇得用話寬慰解勸。誰知後來一年一月的竟常常如此，甲側：補瀟湘館常文也。把這個樣兒看慣，也都不理論了。所以也沒人去理，由他去悶坐，庚側：所謂『久病床前無孝子』是也。祇管睡覺去了。那林黛玉倚着床欄杆，兩手抱着膝，眼睛含着泪，庚側：前批得畫美人秘訣，今竟畫出『金閨夜坐圖』來了。◎甲側：畫美人秘訣（原作決）。好似木雕泥塑的一般，庚側：木（原作本）是栴（zhān）檀、泥是金沙才用得。直坐到〔一〕二更多天，方才睡了。一宿無話。

至次日，乃是四月二十六日，原來這日未時交芒種節。尚古風俗：凡交芒種節的這日，都要設擺各色禮物，祭餞花神。言芒種一過，便是夏日了，衆花皆卸，花神退位，庚側：無論事之有無，看去有理。須要餞行。然閨中更興這件風俗，所以大觀園中之人都早起來了。那些女孩子們，或用花瓣柳枝編成轎馬的，或用綾錦紗羅叠成幹旄旌幢的，都用彩綫系了。每一棵樹、每一枝花上，都系了這些物事。滿園裏綉帶飄搖，花枝招展，庚側：數句抵省親一回文字，反覺閑閑有趣有味的領略。◎甲側：數句大觀園景，倍勝省親一回。在一園人俱得閑閑尋樂上看，彼（原作被）時祇有元春一人閑耳。更兼這些人打扮得桃羞杏讓，燕妒鶯慚，庚側：桃、杏、燕、鶯是這樣用法！一時也道不盡。

且說寶釵、迎春、探春、惜春、李紈、鳳姐等庚眉：寫鳳姐隨大衆一筆，不見紅玉一段則認爲泛文矣。何一絲不漏（原作滴）若此。□□畸笏。并同了大姐、香菱與衆丫鬟們在園内玩耍，獨不見林黛玉。迎春因說道：『林妹妹怎麼不見？好個懶丫頭！這會子還睡覺不成？』寶釵道：『你們等着，等我去鬧了他來。』說着，便丢下衆人，一直往瀟湘館來。正走着，祇見文官等十二個女孩子也來了，庚側：一人不漏。上來問了好，說了一會閑話。寶釵回身指道：『他們都在那裏呢，你們找他們去！我叫林姑娘去就來。』說着，便逶迤往瀟湘館來。庚側：安插一處，好寫一處，正一張口難說兩家話也。忽然抬頭見寶玉進去了，寶釵便站住，低頭想了一想：寶玉和林黛玉是從小兒一處長大，他兄妹間多有不避嫌疑之處，嘲笑喜怒無常；庚側：道盡二玉連日事。況且林黛玉素習猜忌，好弄小性兒的。此刻自己也跟了進去，一則寶玉不便，二則黛玉嫌疑。罷了，倒是回來的妙。蒙側：道盡黛玉每每尖刺，全不在寶釵心上。◎甲側：道盡黛玉每每小性，全不在寶釵身上。想畢，抽身回來。

剛要尋別的姊妹去，忽見前面一雙玉色蝴蝶，大如團扇，一上一下迎風翩躚，十分有趣。寶釵意欲撲了來玩耍，庚側：可是一味知書識禮女夫子行止？寫寶釵無不相宜。遂向袖中取出扇子來，向草地下來撲。祇見那一雙蝴蝶忽起忽落，來來往往，穿花度柳，將欲過河去了。倒引的寶釵躡手躡腳的，一直跟到池中滴翠亭上，香汗淋漓，嬌喘細細。庚側：若玉兄在，必有許多張羅。寶釵也無心撲了，庚側：原是無可無不可。剛欲回來，祇聽滴翠亭裏邊嘁嘁喳喳有人說話。甲側：無閑紙、閑筆之文如此。◎原來這亭子四面俱是游廊曲橋，蓋在池中水上，四面雕鏤槅子，糊着紙。寶釵在亭外聽見說話，便煞住腳往裏細聽。祇聽說道：『你瞧瞧這手帕子，果然是你丟的那塊，你就拿着；庚眉：這椿（原作椿）風流案，又一體寫法，甚當。□□己卯冬夜。要不是，就還蕓二爺去。』又有一人說話：『可不是我那塊！拿來給我罷。』又聽道：『你拿什麼謝我呢？

難道白尋了來不成？』又答道：『我既許了謝你，自然不哄你的。』又聽說道：『我尋了來給你，自然謝我；但祇是揀的人，你就不拿什麼謝他？』又回道：『你別胡說。他是個爺們家，揀了我們的東西，自然該還的。我拿什麼謝他呢？』又聽說道：『你不謝他，我怎麼回他呢？況且他再三再四的和我說了，若沒謝的，不許我給你呢。』半晌，又聽答道：『也罷，拿我這個給他，算謝他的罷。——你要告訴別人呢？須說個誓來。』又聽說道：『我要告訴一個人，就長一個疔，日後不得好死！』又聽說道：『哎呀！咱們祇顧說話，看有人來悄悄在外頭聽見。（庚側：豈敢！◎庚眉：這是『自難自法』。好極，好極！慣用險筆如此。□□壬午夏，雨窗。）不如把這槅子都推開了，（庚側：賊起飛志，不假。）便是人見咱們在這裏，他們祇當我們說玩話呢。若走到跟前，咱們也看的見，就別說了。』

寶釵在外面聽見這話，心中吃驚，（蒙側：四字寫寶釵守身如此。）想道：『怪道從古至今那些奸淫狗盜的人，心機都不錯。（庚側：道盡矣！）這一開了，見我在這裏，他們豈不臊〔二〕了。況才說話的語音，大似寶玉房裏紅兒的言語。他素昔眼空心大，是個頭等刁鑽古怪東西。今兒我聽了他的短兒，一時人急造反，狗急跳牆，不但生事，而且我還沒趣。如今便趕着躲了，料也躲不及，少不得要使個「金蟬脫殼」的法子……』猶未想完，祇聽『咯吱』一聲，寶釵便故意放重了腳步，笑說道：（庚側：閨中弱女機變，如此之便，如此之急！）『顰兒，我看你往那裏藏！』一面說，一面故意往前趕。那亭內的紅玉、墜兒剛一推窗，衹聽寶釵如此說着往前趕，庚眉：此節實借紅玉反寫寶釵也，勿得認錯作者章法。兩個人都唬怔了。寶釵反向他二人笑道：『你們把林姑娘藏在那裏了？』庚側：像極！好煞！妙煞！焉得不拍案叫絶！墜兒道：『何曾見林姑娘了？』寶釵道：『我才在河邊看着林姑娘在這裏蹲着弄水兒的。我要悄悄的唬他一跳，還沒有走到跟前，他倒看見我了，朝東一繞就不見了。別是藏在裏頭了。』庚側：像極！是極！一面說，一面故意進去尋了一尋，庚側：像極！抽身就走，庚側：是極！口內說道：『一定又鑽在山子洞裏去了。遇見蛇，咬一口也罷了。』一面說，一面走，心中又好笑：庚側：真弄嬰兒，輕便如此，即余至此，亦要發笑。這件事算遮過去了，不知他二人是怎樣。

誰知紅玉聽了寶釵的話，便信以為真。庚側：寶釵身份。實有這一句的。讓寶釵去遠，便拉墜兒道：『了不得了！林姑娘蹲在這裏，一定聽了話去了！』庚側：移東挪西，任意寫去，却是真有的。墜兒聽說，也半日不言語。紅玉又道：『這可怎麼樣呢？』庚側：二句系黛玉身份。墜兒道：『便聽見了，管誰筋疼，各人幹各人的〔三〕就完了。』庚側：勉强話。紅玉道：『若是寶姑娘聽見，還倒罷了。林姑娘嘴裏又愛刻薄人，心裏又細，他一聽見了，倘或走露了，怎麼樣呢？』二人正說着，衹見文官、香菱、司棋、待書等上亭子來了。二人衹得掩住這話，且和他們玩笑。

衹見鳳姐兒站在山坡上招手叫，紅玉連忙弃了衆人，跑至鳳姐前，堆着笑問：『奶奶使喚做什麼事？』

鳳姐打量了一打量，見他生的幹淨俏麗，說話知趣，因笑道：『我的丫頭今兒沒跟進我來。我這會子想起一件事來，要使喚個人出去，不知你能幹不能幹，說的齊全不齊全？』紅玉笑道：『奶奶有什麼話語，衹管吩咐我說去。若說的不齊全，誤了奶奶的事，憑奶奶責罰就是了。』甲側：操必勝之券（原作權）。紅兒機括志量，自知能應阿鳳使令意。鳳姐笑道：『你是那位小姐房裏的？庚側：反如此問。我使你出去，他回來找你，我好替你說的。』庚側：問那小姐爲此。紅玉道：『我是寶二爺房裏的。』鳳姐聽了，笑道：『哎喲！你原是寶玉房裏的，怪道呢。庚側：誇贊語也。◎甲側：『哎喲』『怪道』四字，一是玉兄手下無能爲者。前文打量（原作諒）生的『幹淨俏麗』四字，合而觀之，小紅則活現于紙上矣。也罷了，等他問，我替你說。你到我們家，告訴你平姐姐：外頭屋裏桌子上，汝窯盤子架兒底下，放着一卷銀子，那是一百六十兩，給綉匠的工價，等張材家的來要，當面稱給他瞧了，再給他拿去。庚側：一件。再裏頭床頭間有一個小荷包拿了來。』庚側：二件。

紅玉聽說，抽身去了一會，衹見鳳姐不在這山坡上了。因見司棋從山洞裏出來，站着系裙子，庚側：小點綴。一笑。便趕上來問道：『姐姐，可知道二奶奶往那裏去了？』司棋道：『沒理論。』庚側：妙極！紅玉聽了，抽身又往四下裏一看，衹見那邊探春、寶釵在池邊看魚。紅玉上來賠笑問道：『姑娘們可知道二奶奶那去了？』探春道：『往你大奶奶院裏找去。』紅玉聽了，才往稻香村來，頂頭的衹見晴雯、庚側：又一折。綺霰、碧痕、紫綃、麝月、待書、入畫、鶯兒等一群人來了。晴雯一見了紅玉，便說道：『你祇是瘋罷！院子裏花兒也不澆，雀兒也不喂，茶爐子也不炖，就在外頭逛。』（庚側：必有此數句，方引出稱心得意之語來。再不用本院人見小紅，此差祇幾分遂心。）紅玉道：『昨兒二爺說了，今兒不用澆花，過一日澆一回罷。我喂雀兒的時候，姐姐還睡覺呢。』碧痕道：『茶爐子呢？』（甲側：岔一人問，俱是不受用意。）紅玉道：『今兒不該我炖的班兒，有茶沒茶別問我。』綺霰道：『你聽聽他的嘴！你們別說了，讓他逛去罷。』紅玉道：『你們再問問我逛了沒逛？二奶奶使喚我說話、取東西的。』（甲側：非小紅誇耀，系爾等逼出來的。離怡紅意已定矣。）說着，將荷包舉給他們看，（庚側：得意，稱心如意，在此一舉荷包。）方沒言語了，（甲側：衆女兒何苦自討之。）大家分路走開。晴雯冷笑道：『怪道呢！原來爬上高枝兒去了，把我們不放在眼裏。不知說了一句話半句話，名兒姓兒知道了不曾呢，就把他興的這個樣！這一遭半遭兒的算不得什麼，過了後兒還聽得麼！有本事從今兒出了這園子，長長遠遠的在高枝兒上才算得。』（庚側：雖是醋語，却與下無痕。）一面說着去了。

這裏紅玉聽說，不便分證，祇得忍着氣來找鳳姐兒。到了李氏房中，果見鳳姐兒在這裏和李氏說話兒呢。紅玉上來回道：『平姐姐說，奶奶剛出來了，他就把銀子收了起來，（庚側：交代不在盤架下了。）才將張材家的來取，當面稱了給他拿去了。』說着，將荷包遞了上去。（庚側：兩件完了。）又道：『平姐姐叫我回奶奶：才旺兒進來討奶奶的示下，好往那家去的。平姐姐就把那話按着奶奶的主意打發他去了。』鳳姐笑道：『他怎麼按我的主意打發去了？』甲側：可知前紅玉雲『就把那（原作這）話（原無）按奶奶的主意』，『主意』是欲簡，但恐累贅耳，故阿鳳在是問，彼能細答。紅玉道：『平姐姐說：我們奶奶問這裏奶奶好。原是我們二爺不在家，雖然遲了兩天，祇管請奶奶放心。等五奶奶好些，我們奶奶還會了五奶奶來瞧奶奶呢。甲側：又一門。五奶奶前兒打發了人來說，舅奶奶帶了信來了，問〔四〕奶奶好，還要和這裏的姑奶奶尋兩丸延年神驗萬全丹。甲側：又一門。若有了，奶奶打發人來，祇管送在我們奶奶這裏。明兒有人，就順路給那邊舅奶奶帶去。』甲側：又一門。

話未說完，李氏道：『哎喲喲！庚側：又一潤色。◎甲側：紅玉今日方遂心意，却爲寶玉後文伏綫。這話我就不懂了。什麼「奶奶」「爺爺」的一大堆。』鳳姐笑道：『怨不得你不懂，這是四門子的話呢。』說着，又向紅玉笑道：『好孩子，難為你說的齊全。別像他們扭扭捏捏蚊子似的。庚側：罵（原作寫）死假斯文。嫂子不知道，如今除了我隨手使的這幾個丫頭、老婆之外，我就怕和別人說話。他們必定把一句話拉長了作兩三截兒，咬文嚼字，拿着腔兒，哼哼唧唧的，急的我冒火，他們那裏知道！先時我們平兒也是這麼着，我就問着他：難道必定裝蚊子哼哼就是美人了？庚側：貶煞！罵煞！說了幾遭才好些兒了。』李宮裁笑道：『都像你破落戶才好。』鳳姐又道：『這一個丫頭就好。

（庚側：紅玉聽見了麼？）方才兩遭，說話雖不多，聽那口聲就簡斷。』（庚側：紅玉此刻心內想：可惜晴雯等不在旁。）說着，又向紅玉笑道：『你明兒伏侍我去罷。我認你做女兒，我一調理，你就出息了。』（庚側：不假。）

紅玉聽了，『撲哧』一笑。鳳姐道：『你怎麼笑？你說我年輕，比你能大幾歲，就做你的媽了？你做春夢呢！你打聽打聽，這些人頭，比你大的，趕着我叫媽，我不理。今兒抬舉了你呢！』紅玉笑道：『我不是笑這個，我笑奶奶認錯了輩數了。我媽是奶奶的女兒，（庚側：所以說『比你大的大的』。）這會子又認我做女兒。』鳳姐道：『誰是你媽？』（庚側：晴雯說過。）李宮裁笑道：『你原來不認得？他是林之孝之女。』（甲側：管家之女，而晴卿輩擠之，招禍之媒也。）鳳姐聽了十分詫异，因說道：『哦！原來是他的丫頭。』（甲側：傳神！）又笑道：『林之孝兩口子，都是錐子扎不出一聲兒來的。我成日家說，他們倒是配就了的一對夫妻，一個天聾，一個地啞。（甲側：用的是阿鳳口角。）那裏承望養出這麼樣伶俐丫頭來！你十幾歲了？』紅玉道：『十七了。』又問名字，（甲側：真真不知名。可嘆！）紅玉道：『原叫紅玉的，因為重了寶二爺，如今衹叫紅兒了。』

鳳姐聽說，將眉一皺，把頭一回，說道：『討人嫌的很！得了玉的益似的，（庚側：又一下針。）你也玉，我也玉。』因說道：『既這麼肯跟我，還和他媽說：「賴大家的如今事多，也不知這府裏誰是誰，你替我好好的挑兩個丫頭我使」，他一般的答應着。他饒不挑，倒把他的這女孩子送了別處去。難道跟我必定不好？』李氏笑道：『你可是又多心了。他進來在先，你說在後，怎麽怨的他媽！』鳳姐道：『既這麽着，明兒我和寶玉說，甲側：有悌弟之心。叫他再要人，叫這丫頭跟我去。可不知本人願意不願意？』庚側：總是追寫紅玉十分心事。紅玉笑道：『願意不願意，庚側：有話。我們也不敢說。甲側：好答，可知兩處俱是主兒。衹是跟着奶奶，我們也學些眉眼高低，庚側：千願意萬願意之言。出入上下，大小的事也得見識。』庚眉：奸邪婢豈是怡紅應答者，故即逐之。前良兒，後墜（原作篆）兒，便是確（原作却）證。作者又不得可也。□□己卯冬夜。◎此系未見『抄没』『獄神廟』諸事，故有是批。□□丁亥夏，畸笏。◎甲側：且系本心本意，『獄神廟』回内方見（原無）。剛說着，衹見王夫人的丫頭來請，庚側：截得真好！鳳姐便辭了李宫裁去了。紅玉回怡紅院去，庚側：好！接得更好！不在話下。

如今且說林黛玉因夜間失寐，次日起來遲了，聞得衆姊妹都在園中作餞花會，恐人笑他痴懶，連忙梳洗了出來。剛到院中，衹見寶玉進門來了，笑道：『好妹妹，你昨兒可告我了不曾？庚側：明知無是事，不可不作開談。教我懸了一夜心。』庚側：并不爲告懸心。林黛玉便回頭叫紫鵑道：庚側：倒像不曾聽見的。◎甲側：不見寶玉，阿顰斷無此一段閑言，總在欲言不言難禁之意，了却『情情』之正文也。『把屋子收拾了，下一扇紗屜；看那大燕子回來，把簾子放了下來，拿獅子倚住；燒了香，就把爐罩上。』一面說，一面直往外走。寶玉見他這樣，還認作是昨日中晌的事，庚側：逼（原作畢）真！不錯。那知晚間的這段公案，還打恭作揖的。林黛玉正眼也不看，各自出了院門，一直找別的姊妹去了。寶玉心中納悶，自己猜疑：看起這個光景來，不像是昨日的事；但祇昨日我回來的晚了，又沒有見他，再沒有衝撞了他去處了。庚側：逼（原作畢）真！不錯。一面想，一面由不得隨後追了來。

祇見寶釵、探春正在那邊看鶴舞，庚側：二玉文字豈是容易寫的，故有此截（原作載）。◎庚眉：《石頭記》用『截法』『岔法』『突然法』『伏綫法』『由近漸遠法』『將繁改簡法』『重作輕抹法』『虛敲實應法』。種種諸法，總在人意料之外，且不曾見一絲牽强，所謂『信手拈來無不是』是也。□□己卯冬夜。見黛玉去了，三個一同站着說話兒。又見寶玉來了，探春便笑道：『寶哥哥，身上好？我整整的三天沒見你了。』甲側：『橫雲斷（原作裁）嶺』。好極，妙極！二玉文原不易寫，《石頭記》得力處在茲。寶玉笑道：『妹妹身上好？我前兒還在大嫂子跟前問你呢。』探春道：『寶哥哥，你往這裏來，我和你說話。』庚側：是移一處語。寶玉聽說，便跟了他，離了釵、玉兩個，到了一棵石榴樹下。探春因說道：『這幾天老爺可曾叫你？』寶玉笑道：『沒有叫。』探春說：『昨兒我恍惚聽見說老爺叫你出去的。』庚側：老爺叫寶玉，再無喜事，故園中合宅皆知。寶玉笑道：『那想是別人聽錯了，甲側：非謊也，避繁也。并沒叫的。』探春又笑道：『這幾個月，我又存下有十來吊錢了。你還拿了去，明兒出門逛去的時候，或是好字畫，好輕巧玩意兒，替我帶些來。』庚側：怕文繁。◎庚眉：若無此一岔，二玉和合，則成嚼蠟文字。《石頭記》得力處正此。□□丁亥夏，畸笏叟。寶玉道：『我這麼城裏城外、大廊大廟的逛，也沒見過新奇精致東西，總不過是那些金玉銅器，沒處擱的古董。再就是綢緞、吃食、衣服了。』探春道：『誰要這些！怎麼像你上回買的那柳枝兒編的小籃子，整竹子根摳的香盒兒，膠泥垛的風爐兒，這就好了。我喜歡的什麼似的，誰知他們都愛上了，當寶貝似的搶了去了。』寶玉笑道：『原來要這個。不值什麼，拿五百錢出去給小子們，包管拉兩車來。』蒙側：不知物力（原作理）艱難，公子口氣也。探春道：『小廝們知道什麼。你揀那樸而不俗、直而不作者，庚側：是論物，是論人？看官着眼。這些東西，你多多的替我帶了來！我還像上回的鞋，做一雙你穿，比那雙還加工夫，如何呢？』

寶玉笑道：『你提起鞋來，我想起個故事：那一回我穿着，可巧遇見了老爺，老爺就不受用，蒙側：補遺法。問是誰做的。我那裏敢提「三妹妹」三個字！我就回說是前兒我生日，是舅母給的。老爺聽了是舅母給的，才不好說什麼的，半日還說：「何苦來！虛耗人力，作踐綾羅，做這樣的東西。」我回來告訴了襲人，襲人說這還罷了，趙姨娘氣的抱怨的了不得：「正經兄弟，庚側：指環哥。鞋搭拉、襪搭拉的，甲側：何至如此？寫妒婦信口逗。沒人看的見，且做這些東西！」』探春聽說，登時沉下臉來，道：『這話糊塗到什麼田地！怎麼我是該做鞋的人麼？環兒難道沒有分例的，沒有人的？一般的衣裳是衣裳，鞋襪是鞋襪，丫頭、老婆一屋子，怎麼抱怨這些話！給誰聽呢！我不過閑着沒事，做一雙半雙，愛給那個哥哥兄弟，隨我的心。誰敢管我不成！這有什麼，他也氣。』寶玉聽了，點頭笑道：『你不知道，他心裏自然又有個想頭了。』探春聽說，益發動了氣。將頭一扭，說道：『連你也糊塗了！他那想頭自然是有的，不過是那陰微鄙賤的見識。他祇管這麼想，我祇管認得老爺、太太兩個人，別人我一概不管。就是姊妹弟兄跟前，誰和我好，我就和誰好。什麼偏的庶的，我也不知道。論理我不該說他，但忒昏憒的不像了！還有笑話呢：甲側：開一步，妙，妙！就是上回我給你那錢，替我帶那玩的東西。過了兩天，他見了我，也是說沒錢使，怎麼難，我也不理論。誰知後來丫頭們出去，他就抱怨起我來，說我存的錢，為什麼給你使，倒不給環兒使。我聽見這話，又好笑又好氣，就出來往太太跟前去了。』庚側：這一節特爲『興利除弊』一回伏綫。正說着，祇見寶釵那邊笑道：『說完了，來罷。庚側：截得好！顯見的是哥哥妹妹了，丢下別人，且說體己去。我們聽一句兒就使不得了！』說着，探春、寶玉二人方笑着來了。

寶玉因不見了林黛玉，便知他躲了別處去了。庚側：兄妹話雖久長，心事總未少歇，接得好！想了一想，越性遲兩日，等他的氣消一消，再去也罷了。甲側：作書人調侃耶？因低頭看見許多鳳仙、石榴等各色落花，錦重重的落了一地，庚眉：不因見落花，寶玉如何突至埋香冢？不至埋香冢，如何寫《葬花吟》？《石頭記》無閑文閑字正此。□□丁亥夏，畸笏叟。因嘆道：『這是他心裏生了氣，也不收拾這花兒來了。待我送了去，明兒再問着他。』庚側：至埋（原作理）香冢方不牽强，好情思！說着，祇見寶釵約着他們往外頭去。庚側：收拾得幹净。寶玉道：『我就來。』

說畢，等他二人去遠了，庚側：怕人說笑。便把那花兜了起來，登山渡水，過樹穿花，一直奔了那日同林黛玉葬桃花的去處來。將已到了花冢，庚側：新鮮！猶未轉過山坡，祇聽山坡〔五〕那邊有嗚咽之聲，一行數落着，哭的好不傷感。甲側：奇文异文，俱出《石頭記》上。且念出，愈奇文。寶玉心下想道：『這不知是那房裏的丫頭，受了委屈，跑到這個地方來哭。』甲側：岔開綫路，活潑之至！一面想，一面煞住腳步，聽他哭道是：庚側：詩詞文章，試問有如此行筆者乎？◎甲側：詩詞歌賦，有（原無）如此章法寫于書上者乎？

花謝花飛飛滿天，紅消香斷有誰憐？
游絲軟系飄春榭，落絮輕沾撲綉簾。
閨中女兒惜春暮，愁緒滿懷無釋處，
手把花鋤出綉閨，忍踏落花來復去。
柳絲榆莢自芳菲，不管桃飄與李飛。
桃李明年能再發，明年閨中知有誰？
三月香巢已壘成，梁間燕子太無情！
明年花發雖可啄，却不道人去梁空巢也傾。

一年三百六十日，風刀霜劍嚴相逼，
明媚鮮妍能幾時，一朝飄泊難尋覓。
花開易見落難尋，階前悶殺葬花人，
獨把花鋤泪暗灑，灑上花枝見血痕。
杜鵑無語正黄昏，荷鋤歸去掩重門。
青燈照壁人初睡，冷雨敲窗被未温。
怪奴底事倍傷神，半爲憐春半惱春：
憐春忽至惱忽去，至又無言去未聞。
昨宵庭外悲歌發，知是花魂與鳥魂？
花魂鳥魂總難留，鳥自無言花自羞。
願奴脅下生雙翼，隨花飛到天盡頭。
天盡頭，何處有香丘？

未若錦囊收艷骨，一抔净土掩風流。
質本潔來還潔去，强如污淖陷渠溝。
爾今死去儂收葬，未卜儂身何日喪？
儂今葬花人笑痴，他年葬儂知是誰？
試看春殘花漸落，便是紅顏老死時。
一朝春盡紅顏老，花落人亡兩不知！

庚眉：開生面，立新場，是書不止『紅樓夢』一回，惟是回更生更新。且讀去非阿顰無是佳（原作且）吟，非石兄斷無是章法行文，愧殺古今小説家也。□□畸笏。

◎甲眉：開生面，立新場，是書多多矣，惟此回更（原作處）生更新。非顰兒斷無是佳吟，非石兄斷無是情聆賞（原無）。難爲了作者了，故留數字以慰之。

◎庚眉：余讀《葬花吟》凡三閲，其凄楚感慨，令人身世兩忘，舉筆再四，不能加批。有客曰（原無）：『想先生（原作先生想）身非（原無）寶玉，何得而下筆，即字字雙圈，料難遂顰兒之意。俟看過玉兄後文再批。』噫嘻！客亦《石頭記》化來之人，故擲筆以待。

◎甲側：余讀《葬花吟》至再，至三四，其凄楚感慨，令人身世兩忘，舉筆再四，不能下批。有客曰：『先生身非寶玉，何能下筆，即字字雙圈，批詞通仙，料難遂顰兒之意。俟看玉兄之後文再批。』噫唏！阻余者，想亦《石頭記》來的，故停筆以待。

寶玉聽了，不覺痴倒。要知端詳，且聽下回分解。

總評

幸逢知己無回避，密語隔窗怕有人。總是關心渾不了，叮嚀囑咐爲輕春。

心事將誰告，花飛動我悲。埋香吟哭後，日日斂雙眉。

甲：『餞花辰』不論典與不典，祇取其韵致生趣耳。

池邊戲蝶，偶而適興；亭外急智，金蟬（原無）脱殼。明寫寶釵非拘拘然一迂女夫子。

鳳姐用小紅，可知晴雯等埋（原作理）没其人久矣，無怪有私心、私情。且紅玉後有寶玉大得力處，此于千裏外伏綫也。

《石頭記》用截法、岔法、突然法、伏綫法、由近漸遠法、將繁改簡（原作儉）法、重作輕抹法、虚稿實應法，種種諸法，總在人意料之外，且不見一絲牽强。所謂『信手拈來無不是』是也。

不因見落花，寶玉如何突至埋香冢？不至埋香冢，又如何寫《葬花吟》？

埋香冢葬花吟乃諸艷歸源。《葬花吟》又系諸艷一偈也。

校記

〔一〕原文無『到』字，據庚辰本補。

〔二〕此處的『臊』字，原文爲『燥』，據蒙府本改。
〔三〕原文無『的』字，據列藏本補。
〔四〕原文無『問』字，據庚辰本補。
〔五〕原文無『衹聽山坡』四字，據蒙府本補。

第二十八回　蔣玉菡情贈茜香羅　薛寶釵羞籠紅麝串

【回前】茜香羅、紅麝串寫于一回，蓋琪官雖系優人，後回與襲人供奉玉兄，寶卿得同終始者，非泛泛之文也。

自『聞曲』以後，回回寫藥方，是白描顰兒添病也。

話說林黛玉祇因昨夜晴雯不開門一事，錯疑在寶玉身上。至次日又可巧遇見餞花之期，正是一腔無明正未發泄，又勾起傷春愁思。因把些殘花落瓣去掩埋，由不得感花傷己，哭了幾聲，便隨口念了幾句。不想寶玉在山坡上聽見，庚眉：不言煉句煉字、辭藻工拙，祇想景、想情、想（原無）事、想理，反復推求悲慨，乃玉兄一生之天性。真顰兒之知己，玉兄外實無一人。想昨阻批《葬花吟》之客，嫡是寶玉之化身無疑（原作移）。余幾作點金爲鐵之人。幸甚，幸甚！◎甲眉：不言煉句煉字、辭藻工拙，祇想景、想情、想事、想理，反復推（原作追）求，悲傷感慨，乃玉兄一生天性。真顰兒之（原作不）知己（原作已），玉兄外（原無）則實無再有者。想阻余批《葬花吟》之客，嫡是寶玉之化身無疑（原作移）。余幾作點金成鐵（原作錢）之人。笨甚，笨甚！先不過點頭感嘆；次後聽到『儂今葬花人笑痴，他年葬儂知是誰』，『一朝春盡紅顏老，花落人亡兩不知』等句，不覺慟倒山坡之上，懷裏兜的落花撒了一地。試想林黛玉的花顏月貌，將來亦到無可尋覓之時，寧不心碎腸斷！既黛玉終歸無可尋覓之時，推之于他人，如寶釵、香菱、襲人等，亦可以到無可尋覓之時矣。寶釵等終歸無可尋覓之時，則自己又安在哉？且自身尚不知何在何往，則斯處、斯園、斯花、斯柳，又不知當屬誰姓矣！因此一而二，二而三，反復推求了去，庚側：百轉千回矣。真不知此時此際欲為何等蠢物，杳無所知，逃大造，出塵網，使可解釋這段悲傷。庚側：非大善知識，道不出此等語來。正是：

花影不離身左右，鳥聲祇在耳東西。庚側：二句作禪語參。◎甲眉：一大篇《葬花吟》却如此收拾，真好機軸（原作思）筆杖（原作伏），令人焉得不叫絕稱奇！

那林黛玉正自傷感，忽聽山坡上也有悲聲，心下想道：『人人都笑我有些痴病，難道還有一個痴子不成？』想着，抬頭一看，見是寶玉。林黛玉看見，便道：『啐！我當是誰，原來是這個狠心短命的……』甲側：豈敢，豈敢！剛說到『短命』二字上，又把口掩住庚側：『情情』。◎甲側：『情情』。不忍道出『的』字來。長嘆了一聲，庚側：不忍也。自己抽身便走了。

這裏寶玉悲慟了一會，忽抬頭不見了黛玉，便知黛玉看見他躲開了。自己也覺無味，抖抖土起來，下山尋歸舊路，甲側：折得好！誓不寫開門見山文字。往怡紅院來。可巧庚側：哄人字眼。看見林黛玉在前頭走，連忙趕上去，說道：『你且站住〔二〕。我知你不理我，我祇説一句話，從今以後撂開手。』庚側：非此三字難留蓮步，玉兄之機變如此。林黛玉回頭見是寶玉，待要不理他，聽他説『祇説一句話，從此撂開手』，這話裏有文章，少不得站住説道：『有一句話，請説來。』寶玉笑道：『兩句話説了，你聽不聽？』庚側：相離（原作難）尚遠，用此句補空，好近阿顰。黛玉聽説，回頭就走。庚側：走的是。寶玉在後面嘆道：『既有今日，何必當初！』庚側：自言自語，真是一句話。林黛玉聽見這話，由不得站住，回頭道：『當初怎麽樣？今日怎麽樣？』寶玉嘆道：『當初姑娘來了，那不是我陪着玩笑？庚側：此下乃答言，非一句話也。憑我心愛的，姑娘要，就拿去；甲側：我阿顰之惱，玉兄實摸（原作模）不着，不得不將自幼之苦心實事一訴，方可明心，以白今之故。勿作閑文看！我愛吃的，聽姑娘也愛吃，連忙幹幹淨淨收着，等姑娘吃。一桌子吃飯，一床上睡覺。丫頭們想不到的，我怕姑娘生氣，我替丫頭們想到。我心裏想着：姊妹們從小兒長大，親也罷，熱也罷，和氣到了頭，才見得比人好。庚側：要緊語。如今誰承望姑娘人大心大，庚側：反派不是。不把我放在眼睛裏，倒把外四路的什麽寶姐姐、庚側：心事。鳳姐姐甲側：用此人瞞看官也，瞞顰兒也。心動阿顰，在此數句也。一節頗似説辭（原作聞），玉兄口中却是衷腸話。的放在心坎兒上，倒把我三日不理，四日不見的。我又沒個親兄弟、親姊妹。雖然有兩個，你難道不知道是和我隔母的？我也和你是獨出，祇怕同我的心一樣。誰知我白操了這個心，弄的有冤無處訴！』説着，不覺滴下眼泪。庚側：玉兄泪不是容易有的。

林黛玉耳內聽了這說話，眼內見了這形景，心中不覺灰了大半，也不覺滴下淚來，低頭不語。寶玉見他這般形景，遂又說道：『我也知道我如今不好了，但衹憑着怎麼不好，萬不敢在妹妹跟前有錯處。庚側：有是語。便有一二分錯處，你倒是或教導我，戒我下次；庚側：可憐語。或罵我兩句，打我兩下，我都不灰心。誰知你總不理我，庚側：實難爲情。叫我摸不着頭腦，少魂失魄，不知怎麼樣才是。庚側：真有是事。就便死了，也是屈死鬼，任憑高僧高道懺悔也不能超升，庚側：又瞞看官及批書人。還得你申明了緣故，我才得托生呢！』

黛玉聽了這話，不覺將昨晚的事都忘在九霄雲外了。庚側：『情情』衷腸。◎甲側：『情情』本來面目也。便說道：『你既這麼說，昨兒為什麼我去了，你不叫丫頭開門？』庚側：正文，該問。寶玉詫异道：『這話從那裏說起？庚側：實實不知。我要是這麼樣，立刻就死了！』庚側：真急了。林黛玉啐道：庚側：如聞。『大清早死呀活的，也不忌諱。你說有呢就有，沒有就沒有，起什麼誓呢。』寶玉道：『實在沒有見你去。就是寶姐姐坐了一坐。』庚側：不用兒言，彼已親睹。林黛玉想了一想，笑道：『是了。想必是你的(二)丫頭們懶怠動，喪聲歪氣的，也是有的。』寶玉道：『想必是這個原故。等我回去問了是誰，教訓他們就好了。』庚側：玉兒口氣逼（原作畢）真！林黛玉道：『你的那些姑娘們庚側：不快活之稱。也該教訓教訓！庚側：照樣的。妙！衹是論理我不該說。今兒得罪了我的事小，倘或明兒寶姑娘來，什麼貝姑娘來，庚側：也還一句，的是心坎上人。也得罪了，事情豈不大了。』說着抿着嘴笑。庚側：至此心事全無矣。寶玉聽了，又是咬牙，又是笑。

二人正說話，衹見丫頭來請吃飯，庚側：收拾（原作什）得幹凈。遂都往前頭來了。王夫人見林黛玉，因問道：『大姑娘，你吃那鮑太醫的藥可好些？』庚側：是新換了的口氣。林黛玉道：『也不過這麼着。老太太還叫我吃王大夫的藥呢。』庚側：何如！寶玉道：『太太不知道，林妹妹是內癥，先天生的弱，所以禁不住一點兒風寒，不過吃兩劑煎藥，疏散了風寒，還是吃丸藥的好。』庚側：引下文。王夫人道：『前兒大夫說了個丸藥的名字，我也忘了。』寶玉道：『我知道那些丸藥，不過叫他吃什麼人參養榮丸。』王夫人道：『不是。』寶玉道：『八珍益母丸？左歸？右歸？再不，就是六味地黃丸。』王夫人道：『都不是。我衹記得〔三〕有個「金剛」兩個字的。』庚側：奇文，奇語！寶玉拍手笑道：庚側：慈母前放肆了。◎庚眉：此寫玉兄，亦是釋却心中一夜半日要事，故大大一泄（原作拽）。□□己卯冬夜。『從來沒聽見有個什麼「金剛丸」。若有了「金剛丸」，自然有「菩薩散」了！』庚側：寶玉因黛玉事完，一心無挂礙，故不知不覺手之舞之，足之蹈之。說的滿屋裏人都笑了。寶釵抿嘴笑道：『想是天王補心丹。』庚側：慧心人自應知之。王夫人笑道：『是這個名兒。如今我也糊塗了。』寶玉道：『太太倒不糊塗，都是叫「金剛」「菩薩」支使糊塗了。』庚側：是語甚對，余幼時所聞之語合符。哀哉！傷哉！王夫人道：『扯你娘的臊〔四〕！又欠你老子捶你了。』庚側：伏綫。寶玉笑道：『我老子再不為這個捶我的。』庚側：此言亦不假。

王夫人又道：『既有這個名兒，明兒就叫人買些來吃。』（庚眉：寫藥案是暗度顰卿病勢漸加之筆，非泛泛閑文也。□□丁（原無）亥夏，畸笏叟。）寶玉道：『這些藥都不中用的。太太給我三百六十兩銀子，我替妹妹配一料丸藥，包管一料不完就好了。』王夫人道：『放屁！什麼藥就這麼貴？』寶玉笑道：『當真的呢，我這個方子，比別的不同。那個藥名兒也古怪，一時也說不盡。祇講那頭胎紫河車，（庚側：祇聞名。）人形帶葉參，三百六十兩還不夠。龜大的何首烏，千年鬆根茯苓膽，（庚側：聽也不曾聽過。◎庚眉：寫得不犯冷香丸方子。◎前『玉生香』回中，顰云：『他有金，你有玉；他有冷香，你豈不該有暖香？』是寶玉無藥可配矣。今顰兒之劑，若許材料皆系滋補熱性之藥，兼有許多奇物，而尚未擬名，何不竟以『暖香』名之，以代補寶玉之不足，豈不三人一體矣。□□己卯冬夜。）諸如此類的藥，都不算為奇，（庚側：還有奇的。）祇在群藥裏算。那為君的藥，說起來唬人一跳。前兒薛大哥哥求了我一二年，我才給了他這方子。他拿了方子去，又尋了二三年，花了有上千的銀子，才配成了。太太不信，祇問寶姐姐。』寶釵聽說，笑着搖手兒說道：『我不知道，也沒聽見。你別叫姨媽問我。』王夫人笑道：『到底是寶丫頭，好孩子，不撒謊。』寶玉站在當地，聽見如此說，一回身把手一拍，說道：『我說的倒是真話呢，倒說我撒謊。』口裏說着，忽一回身，祇見林黛玉坐在寶釵身後抿着嘴笑，用手指頭在臉上畫着羞他。（庚側：好看煞！在顰兒必有之。）

鳳姐因在裏間房裏看着人放桌子，（庚側：且不接寶玉文字，妙！）聽如此說，便走來笑道：『寶兄弟不是撒謊，這倒是有的。上日薛大哥親自來向我尋珍珠，我問他做什麼，他說是配藥。他還抱怨說，不配也罷，如今那裏知道這麼費事。我問他什麼藥，他說是寶兄弟的方子，說了多少藥，我也沒工夫聽。他說：「不然我也買幾顆珍珠了，衹是定要頭上戴過的。」所以來和我尋。他說：「妹妹就沒散的，花兒上也得掐下來，過後兒我揀好的再給妹妹穿了來。」我沒法兒，把兩枝珠花兒〔五〕現拆了給他。還要了〔六〕一塊三尺上用大紅紗去，乳鉢乳了，合面子〔七〕呢。』鳳姐說一句，那寶玉念一句佛，說：『太陽在屋子裏呢！』鳳姐說完了，寶玉又道：『太太想，這不過是將就呢。正經按那方子，這珍珠寶石定要在古墳裏的，有那古時富貴人家裝裹的頭面，拿了來才好。如今那裏為這個去刨墳掘墓，所以衹是活人戴過的，也可以使得。』王夫人道：『阿彌陀佛，沒當家花花的！就是墳裏有這個，人家死了幾百年，這會子翻尸盜骨的，作了藥也不靈！』庚側：不止阿鳳圓謊，今作者亦爲圓謊了。看此數句（原無）則知矣！

寶玉向林黛玉說道：『你聽見了沒有，難道二姐姐也跟着我撒謊不成？』臉望着林黛玉說話〔八〕，卻拿眼睛瞟〔九〕着寶釵。林黛玉便拉王夫人道：『舅母聽聽，寶姐姐不替他圓謊，他支吾着我。』王夫人也道：『寶玉很會欺負你妹妹。』寶玉笑道：『太太不知道這原故。寶姐姐先在家裏住着，那薛大哥哥的事，他也不知道，何況如今在裏頭住着呢，自然是越發不知道了。庚側：分析（原作晰）的是。不敢正犯。林妹妹繞在背後，以為是我撒謊，就羞我。』

正說着，祇見賈母房裏的丫頭找寶玉、林黛玉去吃飯。林黛玉也不叫寶玉，便起身拉了那丫頭就〔十〕走。那丫頭說等着寶玉一塊兒走，林黛玉道：『他不吃飯了，咱們走。我先走了。』說着，便出去了。寶玉道：『我今兒還跟着太太吃罷。』王夫人道：『罷，罷！我今兒吃齋，你正經吃你的去罷。』寶玉道：『我也跟着吃齋。』說着，便叫那丫頭『去罷』，自己先跑到桌子上坐了。王夫人向寶釵等笑道：『你們祇管吃你們的，由他去罷。』寶釵因笑道：『你正經去罷。吃不吃，陪着林妹妹走一趟，他心裏打緊的不自在呢。』寶玉道：『理他呢，過一會子就好了。』庚側：後文方知。一時吃過飯，寶玉一則怕賈母記挂，二則也記挂着林黛玉，忙忙的要茶漱口。探春、惜春都笑道：『二哥哥，你成日家忙些什麼？庚側：冷眼人自然了了。吃飯吃茶也是這麼忙碌碌的。』寶釵笑道：『你叫他快吃了瞧黛玉妹妹去罷，叫他在這裏胡羼些什麼。』

寶玉吃了茶，便出來，一直往西院來。可巧走到鳳姐兒院前，祇見鳳姐站着，蹬着門檻子，拿耳挖子剔牙，看着十來個小廝們挪花盆呢。庚側：也才吃了飯。是阿鳳身段。見寶玉來了，笑道：『你來的好。進來，進來，庚側：如聞。

替我寫幾個字兒。』寶玉衹得跟了進來。到了房裏，鳳姐命人取過筆、硯、紙來，向寶玉道：『大紅妝緞四十匹，蟒緞四十匹，上用紗各色一百匹，金項圈四個。』寶玉道：『這算什麼？又不是帳，又不是禮物，怎麼個寫法？』鳳姐道：『你衹管寫上，橫竪我自己明白就罷了。』庚側：有是語，有是事。寶玉聽說，衹得寫了。鳳姐一面收起來，一面笑道：『還有句話告訴你，不知你依不依？你屋裏有個丫頭叫紅玉的，我要叫來使喚，也總沒得說，今見你才想起來（十一）。甲側：字眼。明兒我再替你挑幾個，可使得？』寶玉道：『我屋裏的人也多的很，姐姐喜歡誰，衹管叫了來，何必問我！』甲側：紅玉接杯倒茶，自紗屜內覓至回廊下，再見此處如此寫來，可知玉兄除顰兒外，俱是行雲流水。又了却怡紅孽冤。一嘆。鳳姐笑道：『既這麼着，我就叫人帶他去了。』庚側：又了却怡紅孽冤。一嘆。寶玉道：『衹管帶去。』說着，便要走。甲側：忙極！鳳姐兒道：『你回來，我還有一句話呢。』寶玉道：『老太太叫我呢，庚側：也非，『林妹妹叫我呢』。一嘆。◎甲側：非也，『林妹妹叫我』。一笑。有話等我回來罷。』

說着，便來至賈母這邊，衹見都已吃完飯了。賈母因問他：『跟着你娘吃了什麼好的？』寶玉笑道：『也沒什麼好的，我倒多吃了一碗飯。』甲側：安慰祖母之心也。因問：『林妹妹在那裏？』庚側：如何？余言不謬。賈母道：『裏頭屋裏呢。』寶玉進來，衹見地下一個丫頭吹熨鬥，炕上兩個丫頭打粉綫，黛玉彎着腰，拿着剪子裁什麼呢。寶玉走進來笑道：『哦！庚側：句。這是做什麼呢？才吃了飯，這麼控着頭，一會子又頭疼了。』黛玉并不理，衹管裁他的。有一個丫頭說道：『那塊綢子角兒還不好呢，再熨他一熨。』黛玉便把剪子一擱，說道：『理他呢，過一會子就好了。』庚側：有意無意，暗合針對，無怪玉兄納悶。寶玉聽了，祇是納悶。祇見寶釵、探春等也來了，和賈母說了一會話。寶釵也進來問：『林妹妹做什麼呢？』見林黛玉裁剪，因笑道：『越發能幹了，連裁剪都會了。』黛玉笑道：『這也不過是撒謊哄人罷了。』寶釵笑道：『我告訴你個笑話：才剛為那個藥，我說了個不知道，寶兄弟心裏不受用了。』林黛玉道：『理他呢，過一會子就好了。』庚眉：連重兩遍前言，是顰、玉氣味相仿，無非偶然暗合相符。勿認作有過言小人也。寶玉向寶釵道：『老太太要抹骨牌，正沒人，你抹骨牌去罷(十二)！』寶釵聽說，便笑道：『我是為抹那骨牌才來了？』說着便走了。林黛玉道：『你倒是去罷，這裏有老虎，看吃了你！』說着又裁。寶玉見他不理，祇得還賠笑說道：『你也去逛逛，再裁不遲。』林黛玉總不理。寶玉便問丫頭們：『這是誰叫裁的？』林黛玉見問丫頭們，便說道：『憑他誰叫我裁，也不幹二爺的事！』寶玉方欲說話，祇見有人進來回說『外頭有人請』。寶玉聽了，忙抽身出來。黛玉向外頭說道：『阿彌陀佛！甲側：仍丟不下。嘆嘆！趕你回來，我死了也罷了。』庚側：何苦來！余不忍聽。

寶玉出至外面，祇見焙茗說道：『馮大爺請。』寶玉聽了，知道是昨日的話，便說：『要衣裳去。』自己便往書房裏來。焙茗一直到了二門前等人，（庚側：此門請出玉兄來，故信步又至書房。文人弄筆，虛點綴也。）衹見出來了一個老婆子，焙茗上去說道：『寶二爺在書房裏等出門的衣裳，你老人家進去帶個信兒。』那婆子道：『放你娘的屁！（庚側：活現活跳。）倒好，寶二爺如今在園裏住着，（甲側：與夜間叫人對看。）跟他的人都在園裏，你又跑了這裏來帶信兒！』焙茗聽了，笑道：『罵的是，我也糊塗了。』說着，一徑往東邊二門前來。可巧門上小廝在甬路底下踢球，焙茗將原故說了。有個小廝跑了進去，半日才抱了一個包袱出來，遞與焙茗。回到書房裏，寶玉換了。命人備馬，衹帶着焙茗、鋤藥、雙瑞、雙壽四個小廝去了。一徑到了馮紫英門口。

有人報與馮紫英，出來迎接進去。衹見薛蟠早已在那裏久候了，還有許多唱曲兒的小廝并唱小旦的蔣玉菡、錦香院的妓女雲兒。大家都見過了，然後吃茶。寶玉擎茶笑道：『前兒所言幸與不幸之事，我晝懸夜想，今日一聞呼喚即至。』馮紫英笑道：『你們令姑表弟兄倒都心實。前日不過是我的設辭，誠心請你們一飲，恐又推托，故說下這句話。（庚眉：若真有一事，則不成《石頭記》文字矣。作者得三昧在茲，批書人得書中三昧亦在茲。□□壬午孟夏。）今日一邀即至，誰知都信真了。』說畢，大家一笑。

然後擺上酒來，依次坐定。馮紫英先命唱曲兒的小廝過來讓酒，然後命雲兒也來敬。那薛蟠三杯下肚，不覺忘了情，拉着雲兒的手，笑道：『你把那體己新樣兒的曲子唱個我聽，我吃一壇如何？』雲兒聽說，衹得拿起琵琶來，唱道：

兩個冤家，都難丟下，想着你來又記挂着他。兩個人形容俊俏，都難描畫。想昨宵幽期私訂在荼蘼架，一個偷情，一個尋拿，拿住了三曹對案，我也無回話。此唱一曲，爲直刺寶玉。

唱畢，笑道：『你喝一壇子罷了。』薛蟠聽說，笑道：『不值一壇，再唱好的來。』

寶玉笑道：『聽我說來：如此濫飲，易醉而無味。我先喝一大海，庚眉：大海飲酒，西堂產九臺靈芝日也。批書至此，寧不悲乎！□□壬午重陽日。發一新令，有不遵者，連罰十大海，逐出席外與人斟酒。』甲側：誰曾經過？嘆嘆！——西堂故事。馮紫英、蔣玉菡等都道：『有理。』寶玉拿起海來，一氣飲盡，說道：『如今要說悲、愁、喜、樂四字，都要說出女兒來，還要注明這四字原故。說完了，飲門杯。酒面要唱一個新鮮時樣曲子，酒底要席上生風一樣東西，或古詩、舊對、《四書》《五經》成語。』薛蟠未等說完，先站起來攔道：『我不來，別算我。庚側：爽人爽語！這竟是捉弄我呢！』庚側：豈敢！雲兒也站起來，推他坐下，笑道：『怕什麼？這還虧你天天吃酒呢，難道連我也不如！我回來還說呢。說是了，罷；不是了，不過罰上幾杯，那裏就醉死了。你如今一亂令，倒喝十大海，下去斟酒不成〔十三〕？』庚側：有理。衆人都拍手道妙。薛蟠聽說，無法，衹得坐了。聽寶玉說道：

女兒悲，青春已大守空閨。

女兒愁，悔教夫婿覓封侯。

女兒喜，對鏡晨妝顏色美。

女兒樂，秋千架上春衫薄。

衆人聽了，都說道：『說得有理。』薛蟠獨揚着臉，搖頭說：『不好，該罰！』衆人問：『如何該罰？』薛蟠道：『他說的我通不懂，怎麼不該罰？』雲兒便擰他一把，笑道：『你悄悄的想你的罷。回來說不出，又該罰了。』于是拿琵琶聽寶玉唱道：

滴不盡相思血泪抛紅豆，開不完春柳春花滿畫樓，睡不穩紗窗風雨黄昏後，忘不了新愁與舊愁，咽不下玉粒金蒓噎滿喉，照不見菱花鏡裏形容瘦。展不開的眉頭，捱不明的更漏。呀！恰便似遮不住的青山隱隱，流不斷的緑水悠悠。

唱完，大家齊聲喝彩，薛蟠說無板。寶玉飲了門杯，便拈起一片梨來，說道：

雨打梨花深閉門。

完了令。

下該馮紫英說，便道是：

女兒悲，兒夫染病在垂危。

女兒愁，大風吹倒梳妝樓。

女兒喜，頭胎養了雙生子。

女兒樂，私向花園掏蟋蟀。甲：紫英口中應當如是。

說畢，端起酒來，唱道：

你是個可人，你是個多情，你是個刁鑽古怪鬼靈精，你是個神仙也不靈。我說的話兒你全不信，衹叫你去背地裏細打聽，才知道我疼你不疼！

唱完，飲了門杯，便拈起一片雞肉，說道：

雞聲茅店月。

令完，下該雲兒。雲兒便說道：

女兒悲，將來終身指靠誰？甲：道着了。

薛蟠嘆道：『我的兒，有你薛大爺在，你怕什麼！』衆人都道：『別混他，別混他！』雲兒又道：

女兒愁，媽媽打罵何時休！

薛蟠道：『前兒我見了你媽，還吩咐他，不叫他打你呢。』衆人都道：『再多言者，罰酒十杯。』薛蟠連忙自己打了一個嘴巴子，說道：『沒耳性，再不許說了。』雲兒又道：

女兒喜，情郎不捨還家裏。

女兒樂，住了簫管弄弦〔十四〕索。

說完，便唱道：

豆蔻開花三月三，一個〔十五〕蟲兒往裏鑽。鑽了半日不得進去，爬到花兒〔十六〕上打秋千。肉兒小心肝，我不開了你怎麼鑽？甲：雙關。妙！

唱畢，飲了門杯，便拈起一個桃來說道：

桃之夭夭。

令完，下該薛蟠。薛蟠道：『我可要說了：女兒悲——』說了半日，不言語了。馮紫英道：『快說來！怎麼悲？』薛蟠急的眼瞪的鈴鐺似的，便說道：『女兒悲——』咳嗽了兩聲，又說道：甲側：受過此急者，大都不止呆兄一人耳。

女兒悲，嫁了個大烏龜〔十七〕。

衆人聽了都笑起來。甲眉：此段與《金瓶梅》内西門慶、應伯爵在李桂姐家飲酒一回對看，未知孰家生動活潑（原作發）？薛蟠道：『笑什麼，難道我說的不是？一個女兒嫁了漢子，要當忘八，怎麼不傷心呢？』衆人笑的彎腰，忙說道：『你說的是，快說來！』薛蟠瞪了一瞪眼，又說道：『女兒愁——』說了這句，又不言語了。衆人道：『怎麼愁？』薛蟠道：

女兒愁，綉房竄出個大馬猴。

衆人哈哈笑道：『該罰，該罰！這句更不通，先還可恕。』甲側：不愁一笑。說着，便要篩酒。寶玉笑道：『押韵就好。』薛蟠道：『令官都準了，你們鬧什麼？』衆人聽說，方罷了。雲兒笑道：『下兩句越發難說了，我替你說罷。』薛蟠道：『胡說！當真我沒好的了！聽我說罷：

女兒喜，洞房花燭朝慵起。

衆人聽了，都詫异道：『這句何其太雅？』薛蟠又道：

女兒樂，一根毴毭往裏戳。甲側：有前韵句，故有是句。

衆人聽了，都回頭説道：『該死，該死！快唱了罷。』薛蟠便唱道：

一個蚊子哼哼哼，

衆人都怔了，説：『這是〔十八〕個什麽曲兒？』薛蟠還唱道：

兩個蒼蠅嗡嗡嗡。

衆人都道：『罷，罷，罷！』薛蟠道：『愛聽不聽！這是新鮮曲兒，叫作哼哼韵。你們要懶怠聽，連酒底都免了，我就不唱。』甲側：何嘗呆！衆人都道：『免了罷，免了罷〔十九〕，倒别耽誤了别人家。』

于是蔣玉菡説道：

女兒悲，丈夫一去不回歸。

女兒愁，無錢去打桂花油。

女兒喜，燈花并頭結雙蕊。甲側：佳讖也。

女兒樂，夫唱婦隨真和合。

說畢，唱道：

可喜你天生成〔二十〕百媚嬌，恰便似活神仙離碧霄。度青春，年正小；配鸞鳳，真也着。呀！看天河正高，聽譙樓鼓敲，剔銀燈同入鴛鴦帩〔二一〕。

唱畢，飲了門杯，笑道：『這詩詞上我倒有限。幸而昨日見了一副對子，可巧（甲側：真巧！）衹記得這句，幸而席上還有這件東西。』（甲側：瞞過（原作至）衆人。）說畢，便幹了酒，拿起一朵木樨來，念道：

花氣襲人知晝暖。

衆人道：『都依了，完令。』

薛蟠又跳了起來，喧嚷道：『了不得，了不得！該罰，該罰！這席上并沒有寶貝，（甲側：奇談！）你怎麼念起寶貝來？』蔣玉菡怔了，說道：『何曾有寶貝？』薛蟠道：『你還賴呢！你再念來。』蔣玉菡衹得又念了一遍。薛蟠道：『襲人可不是寶貝是什麼！你們不信，衹問他。』說畢，指着寶玉。寶玉沒好意思起來，說：『薛大哥，你該罰多少？』薛蟠道：『該罰，該罰！』說着拿起酒來，一飲而盡。馮紫英與蔣玉菡等不知原故，雲兒便告訴了出來。庚側：用雲兒說出，是章法。◎庚眉：雲兒知怡紅細事，可想玉兄之風情意也。□□壬午重陽。蔣玉菡忙起身陪罪。衆人都道：『不知者不作〔二二〕罪。』

少刻，寶玉出席解手，蔣玉菡便隨了出來。二人站在廊檐下，蔣玉菡又賠不是。寶玉見他嫵媚溫柔，心中十分留戀，便緊緊的捏着他的手，叫他：『閑了往我們那裏去。還有一句話借問，你們貴班中，有一個叫琪官的，他在那裏？如今名馳天下，我獨無緣一見。』蔣玉菡笑道：『就是我的小名兒。』寶玉聽說，不覺欣然跌足，笑道：『有幸，有幸！果然名不虛傳。今兒初會，便怎麼樣呢？』想了一想，向袖中取出扇子，將一個玉玦扇墜解下來，遞與琪官，甲側：『紅綠牽巾』是這樣用法。一笑。道：『微物不堪，略表今日之誼。』琪官接了，笑道：『無功受祿，何以克當！也罷，我這裏得了一件奇物，今日早起方系上，還是簇新的〔二三〕，聊可表我一點親熱之意。』說畢撩衣，將系小衣兒一條大紅汗巾子解了下來，遞與寶玉，道：『這汗巾子是茜香國女國王所貢之物，夏天系着，肌膚生香，不生汗漬。昨日北靜王給我的，今日才上身。若是別人，我斷不肯相贈。二爺請把自己系的解下來，給我系着。』寶玉聽說，喜不自禁，連忙接了，將自己一條鬆花汗巾解了下來，遞與琪官。二人方束好，衹聽一聲大叫：『我可拿住了！』衹見薛蟠跳了出來，拉着二人道：『放着酒不吃，兩個人逃席出來幹什麼？快拿出來我瞧瞧。』二人都道：『沒有什麼。』薛蟠那裏肯依，還是馮紫英出來才解開了。于是復又歸坐飲酒，至晚方散。

寶玉回至園中，寬衣吃茶。襲人見扇子上的扇墜兒沒了，（庚側：身上事。）便問他：『往那裏去了？』寶玉道：『馬上丟了。』（庚側：隨口謊言。）睡覺時，衹見腰裏一條血點似的大紅汗巾子，襲人便猜了八九分，因說道：『你有了好的系褲子，把我那條還我罷。』寶玉聽說，方想起那條汗巾原是襲人的，不該給人才是。心裏後悔，口裏說不出來，衹得笑道：『我賠你一條罷。』襲人聽了，點頭嘆道：『我就知道又幹這些事！也不該拿着我的東西給那些混帳人去。也難為你，心裏沒個算計兒。』再要說幾句，又恐慪上他的酒來，少不得也睡了。一宿無話。

至次日天明，方才醒了。衹見寶玉笑道：『夜裏失了盜也不曉得，你瞧瞧褲子上。』襲人低頭一看，衹見昨日寶玉系的那條汗巾子系在自己腰裏呢，便知是寶玉夜間換了，連忙一頭解下來，說道：『我不希罕這行子，趁早兒拿了去！』寶玉見他如此，衹得委婉解勸了一會。襲人無法，衹得系上。過後寶玉出去，終究解下來，擲在個空箱子裏，自己又換了一條系着。

寶玉并未理論，因問起昨日可有什麼事情。襲人便回說：『二奶奶打發人叫了紅玉去了。他原要等你來的，我想什麼要緊，我就作了主，打發他去了。』寶玉道：『很是。我已知道了，不必等我罷了。』襲人又道：『昨日貴妃打發夏太監出來，送了一百二十兩銀子，叫在清虛觀初一到初三打三天平安醮，唱戲獻供，叫珍大爺領着衆位爺們跪香拜佛呢。還有端午兒的節禮也賞了。』說着，命小丫頭子來，將昨日所賜之物取了出來，祇見上等宮扇兩柄，紅麝香珠二串，鳳尾羅二端，芙蓉簟一領。寶玉見了，喜不自勝，問『別人的也都是這個？』襲人道：『老太太多着一個香如意，一個瑪瑙枕。太太、老爺、姨太太的祇多着〔二四〕一個香如意。你的同寶姑娘的一樣。甲側：金姑玉郎是這樣寫法。林姑娘同二姑娘、三姑娘、四姑娘祇單有扇子同數珠兒，別人都沒了。大奶奶、二奶奶他兩個是每人兩匹紗，兩匹羅，兩個香袋，兩個錠子藥。』寶玉聽了，笑道：『這是怎麼個原故？怎麼林姑娘的倒不同我的一樣，倒是寶姐姐的同我一樣！別是傳錯了罷？』襲人道：『昨兒拿出來，都是一份一份寫着簽子，怎麼說錯了！你的是在老太太屋裏的，我去拿了來了。老太太說了，明兒叫你一個五更天進去謝恩呢。』寶玉道：『自然要走一趟。』說着，便叫紫綃：『來！拿了這個到林姑娘那裏去，就說是昨兒我得的，愛什麼留下什麼。』紫綃答應了，拿了去。不一時回來，說：『林姑娘說了，昨兒也得了，二爺留着罷。』

寶玉聽說，便命人收了。剛洗了臉出來，要往賈母那裏請安去，衹見林黛玉頂頭來了。寶玉趕上去笑道：『我的東西叫你揀，你怎麼不揀？』林黛玉昨日所惱寶玉的心事早又丢開，衹顧今日的事了，因說道：『我沒這麼大福禁受，比不得寶姑娘，什麼金什麼玉的，我們不過是草木之人！』甲側：自道本是絳珠草也。寶玉聽他提出『金玉』二字來，不覺心動疑猜，便說道：『除了別人說什麼金什麼玉，我心裏要有這個想頭，天誅地滅，萬世不得人身！』林黛玉聽他這話，便知他心裏動了疑，忙又笑道：『好沒意思，白白的說什麼誓？管你什麼金什麼玉的呢！』寶玉道：『我心裏的事也難對你說，日後自然明白，除了老太太、老爺、太太這三個人，第四個就是妹妹了。要有第五個人，我也說個誓。』林黛玉道：『你也不用說誓，我很知道你心裏有「妹妹」，但衹是見了「姐姐」，就把「妹妹」忘了。』寶玉道：『那是你多心，我再不的。』林黛玉道：『昨日寶丫頭不替你圓謊，為什麼問着我呢？那要是我，你又不知怎麼樣了。』

正說着，衹見寶釵從那邊來了，二人便走開了。寶釵分明看見，衹裝看不見，低着頭過去了。到了王夫人那裏，坐了一會，然後到了賈母這邊，衹見寶玉在這裏呢。甲側：寶釵往王夫人處去，故寶玉先在賈母處，一絲不亂。薛寶釵因往日母親對王夫人等曾提過『金鎖是個和尚給的，等日後有玉方可結為婚姻』等話，所以總遠着寶玉。甲側：此處表明，以後二寶文章宜换眼看。◎甲眉：峰巒全露，又用烟雲截斷，好文字。昨日見元春所賜的東西，獨與寶玉一樣，心裏越發沒意思起來。幸虧寶玉被一個林黛玉纏綿住了，心心念念衹挂着林黛玉，并不理論這事。此刻忽遇見寶釵，寶玉笑道：『寶姐姐，我瞧瞧（二五）你的紅麝串子？』可巧寶釵左腕上籠着一串，見寶玉問他，少不得褪了下來。寶釵原生的肌膚豐澤，容易褪不下來。寶玉在旁邊看着雪白一段酥臂，不覺動了羡慕之心，暗暗想道：『這個膀子要長在林妹妹身上，或者還得摸一摸，偏生長在他身上。』正是恨沒福得摸，忽然想起『金玉』一事，再看看寶釵形容，衹見臉若銀盆，眼同水杏，唇不點而紅，眉不畫而翠，甲側：太白所謂『清水出芙蓉』。比林黛玉另具一種嫵媚風流，不覺呆了。甲側：忘情，非呆也。寶釵褪了串子來，遞與他，也忘了接。寶釵見他怔了，自己倒不好意思的。丢下串子，回身才要走，衹見林黛玉蹬着門檻子，嘴裏咬着手帕子笑呢。寶釵道：『你又禁不得風兒吹，怎麼又站在那風口裏？』林黛玉笑道：『何曾不是在屋裏的。衹因聽見天上一聲叫喚（二六），出來瞧了一瞧，原來是個呆雁。』薛寶釵道：『呆雁在那裏呢？我也瞧瞧。』林黛玉道：『我才出來，他就「忒兒」一聲飛了。』口裏說着，將手裏帕子一甩，向寶玉臉上甩來。寶玉不防，正打在眼上，『哎喲』了一聲。要知端的，且聽下回分解。

總評

世間最苦是痴情，不遇知音休應聲。盟誓已成了，莫遲誤今生。

甲：寶玉忘情，露于寶釵，是後回累累忘情之引。

茜香羅暗系于襲人腰中，系伏綫之文。

校記

〔一〕此處的『住』字，原文爲『着』，據庚辰本改。

〔二〕原文無『的』字，據庚辰本補。

〔三〕原文無『得』字，據庚辰本補。

〔四〕此處的『臊』字，原文爲『燥』，據庚辰本改。

〔五〕此處的『花兒』二字，原文爲『花』，據庚辰本改。

〔六〕原文無『了』字，據庚辰本補。

〔七〕此處的『合面子』，蒙府本和庚辰本均爲『隔面子』。

〔八〕原文無『話』字，據庚辰本補。

〔九〕此處的『瞟』字，原文爲『摽』，庚辰本爲『飄』，校者改。

〔十〕原文無『就』字，據列藏本補。
〔十一〕原文無『也總没得說，今見你才想起來』一句，據甲戌本補。
〔十二〕此處的『你抹骨牌去罷』字，原文爲『你去抹骨牌呢』，據蒙府本改。
〔十三〕此處的『不成』二字，原文爲『過來』，據庚辰本改。
〔十四〕此處的『弦』字，原文寫作『弦』，爲諱『玄燁』（康熙之名）而缺一筆。
〔十五〕原文無『個』字，據蒙府本補。
〔十六〕此處的『花兒』二字，原文爲『花』，據庚辰本改。
〔十七〕此處的『女兒悲，嫁了個大烏龜』句，甲戌本爲『女兒悲，嫁了個男人是烏龜』。
〔十八〕原文無『是』字，據庚辰本補。
〔十九〕原文衹一個『免了罷』，第二個『免了罷』據庚辰本補。
〔二十〕原文無『成』字，據甲戌本補。
〔二一〕此處的『鴛鴦帩』，蒙府本爲『鴛幃帩』，甲戌本、庚辰本、列藏本均爲『鴛幃悄』。
〔二二〕原文無『作』字，據蒙府本補。
〔二三〕原文無『的』字，據列藏本補。
〔二四〕此處的『多着』二字，原文爲『多的』，據庚辰本改。
〔二五〕此處的『瞧瞧』二字，原文爲『瞧』，據庚辰本補一個『瞧』字。
〔二六〕此處的『叫喚』二字，原文爲『叫』，據庚辰本補『喚』字。

第二十九回

享福人福深還禱福 痴情女情重愈斟情

【回前】清虛觀，賈母、鳳姐原意大適意、大快樂，偏寫出多少小不適意事來，此亦天然至情至理必有之事。

二玉心事，此回大書，是難了割，却用太君一言以定，是道悉通部書之大旨。

話說寶玉正自發怔，不想林黛玉將手帕子甩了來，正碰在眼睛上，倒唬了一跳，問是誰。黛玉搖着頭笑道：『不敢，是我失了手。因為寶姐姐要看呆雁，我比給他看，不想失了手。』寶玉揉着眼睛，待要說什麼，又不好說的。

一時，鳳姐兒來了，因說起初一日在清虛觀打醮的事來，遂約着寶釵、寶玉、黛玉等看戲去。寶釵笑道：『罷了，怪熱的。什麼沒看過的戲，我不去。』鳳姐兒道：『他們那裏涼快，兩邊又有樓。咱們要去，我頭幾天打發人去，把那些道士都趕出去，把樓上都打掃了，挂起簾子來，一個閑人不許放進廟去，才是好呢。我已經回了太太，你們不去我去。這些日子也悶的很了。家裏唱動戲，我又不得舒舒展展的看。』

賈母聽說，笑道：『既這麼說，我同你去。』鳳姐聽說，笑道：『老祖宗也去，敢情好！就祇是我不得受用了。』賈母道：『到明日，我在正樓上，你在兩邊樓上，你也不用到我這邊來立規矩，好不好？』鳳姐道：『這就是老祖宗疼我了。』賈母因又向寶釵道：『你也去逛逛，連你母親也去。長天老日的，在家裏也是睡覺。』寶釵祇得答應着。

賈母又打發人去請了薛姨媽，順路告訴王夫人，要帶了他們姊妹去逛。王夫人因一則身上不好，二則預備着元春有人出來，早已回了不去的；聽賈母如此說，還笑道：『還是這麼高興。』因打發人去到園子裏告訴：『有要逛去的，祇管初一日跟了老太太逛去。』這句話一傳開了，別人都還可以，祇是那些丫頭們天天不得出門檻兒的，聽了這話，誰不愛去。便是各人的主子懶怠去，他也萬般的攛掇了去，因此李宮裁等都說去。賈母越發心中歡喜，早已吩咐人去打掃安置，都不必細說。

單表到了初一這一日，榮國府門前車轎紛紛，人馬簇簇。那底下凡執事人等，聞得是貴妃作好事；賈母親去拈香，正是初一日乃月之首日，況是端陽節間，因此凡動用的什物，一色都是齊全的，不同往日一樣。少時，賈母等出來。賈母獨坐一乘八人大亮轎，李氏、鳳姐兒、薛姨媽每一人一乘四人轎，寶釵、黛玉二人共坐一輛翠蓋珠纓八寶車，迎春、惜春、探春三人共坐一輛朱輪華蓋車。然後賈母的丫頭鴛鴦、鸚鵡、琥珀、珍珠，林黛玉的丫頭紫鵑、雪雁、春纖，寶釵的丫頭鶯兒、文杏，迎春的丫頭司棋、綉桔，探春的丫頭待書、翠墨，惜春的丫頭入畫、彩屏，薛姨媽的丫頭同喜、同貴，外帶着香菱，香菱的丫頭臻兒，李氏的丫頭素雲、碧月，鳳姐兒的丫頭平兒、豐兒、小紅，并王夫人的兩個丫頭也要跟了鳳姐兒去的是金釧兒、彩雲，奶子抱着大姐兒帶着丫頭們另在一車，還有兩個丫頭，一共再連上各房的老嬤嬤、奶娘并跟出門的家人媳婦子，烏壓壓的占了一街的車。賈母等已經坐轎去了多遠，這門前尚未坐完。這個說『我不同你(二)在一處』，那個說『你壓了我們奶奶的包袱』，那邊車上又說『蹭了我的花兒』，這邊又說『碰斷了我的扇子』，咭咭呱呱，說笑不絕。周瑞家的過來過去的說道：『姑娘們，這是街上，看人家笑話。』說了幾遍，方覺好了。前頭的全副執事擺開，早已到了清虛觀門口。寶玉騎着馬，在賈母轎前。街上的人都站在兩邊。

將至觀前，衹聽鐘鳴敲響，早有張法官執笏披衣，帶領衆道士在路旁請安。賈母的轎剛至廟門以內，賈母在轎內因看見有守門大帥并千裏眼、順風耳、當坊土地、本境城隍各泥胎聖像，便命住轎。賈珍帶領各子侄上來迎接。鳳姐兒知道鴛鴦等在後面，趕不上來攙賈母，自己下了轎，忙要上來攙。可巧有個十二三歲的小道士兒，拿着剪筒，照管各處的蠟花，正欲得便瞧瞧出去，不想一頭撞在鳳姐兒懷裏。鳳姐便一揚手，照臉一下，把那孩子打了一個筋鬥，罵道：『野牛肏的，朝那裏跑！』那小道士也不顧拾燭剪，爬起來往外還要跑。正值寶釵等下車，衆婆娘媳婦正圍隨的風雨不透，但見一個小道士滾了出來，都喝聲叫『拿，拿，拿！』『打，打，打！』

賈母聽了，忙問道：『是怎麼了？』賈珍忙出來問。鳳姐兒上去就攙住賈母，回說：『一個小道士兒，剪燈花的，沒躲出去，這會子混鑽呢。』賈母聽說，忙道：『快帶了那孩子來，別唬着他。小門小戶的孩子，都是嬌生慣養的慣了，那裏見的這個勢派。可憐見的，倘或一時唬着了他，他老子娘豈不疼的慌？』說着，便叫賈珍去好生帶了來。賈珍衹得去拉了那孩子來。那孩子還一手拿着燭剪，跪在地下亂顫。賈母命賈珍拉他起來，叫他不要怕。問他幾歲了，那孩子通說不出話來。賈母還說『可憐見的』，又向賈珍道：『珍哥兒，帶他去罷。給他些錢買果子吃，別叫人難為了他。』賈珍答應了，領他去了。這裏賈母帶着衆人，一層層的觀玩。外面小廝們見賈母進入三層山門，忽見賈珍領了一個小道士出來，叫人來帶去，給他幾個錢，不要難為了他。家人聽說，忙上來幾個領了下來。

賈珍站在階磯上，因問：『管家在那裏？』底下站的小廝們見問，都一齊喝聲說：『叫管家！』登時林之孝一手扣着帽子跑了來，到賈珍跟前。賈珍道：『雖說〔二〕這裏地方大，今兒不承望來這麼些人。你使的人，你就帶了你那院裏去；使不着的，打發到那院裏去，把小幺兒們挑幾個在這二層門上同兩邊角門上，伺候着要東西傳話。你知道不知道，今兒小姐、奶奶們都出來了，一個閑人也不許到這裏來。』林之孝忙答應『曉得』，又說了幾個『是』。賈珍道：『去罷。』又問：『怎麼不見蓉兒？』一聲未了，祇見賈蓉扣着鈕子從鐘樓裏跑出來。賈珍道：『你瞧瞧他，我這裏還受着熱，他倒乘涼去了！』喝命家人啐他。那小廝上來向賈蓉臉上啐了一口。賈珍道：『問着他！』那小廝便問賈蓉道：『爺還不怕熱，哥兒怎麼先乘涼去了？』賈蓉拖着手，一聲不敢說。那賈蕓、賈芹、賈萍等聽見了，不但他們慌了，亦且連賈璜、賈㻞、賈瑗等也都忙戴〔三〕了帽子，一個個從牆根下慢慢的溜上來。賈珍又問賈蓉道：『你站着做什麼？還不騎了馬跑到家裏，告訴你娘母子去！老太太同姑娘們都來了，叫他們快來伺候。』賈蓉聽說，忙跑了出來，一疊連聲要馬，一面抱怨道：『早都不知做什麼的，這會子尋嗔〔四〕我。』一面又罵小子：『捆着手呢？馬也拉不來！』待要打發小斷去，又怕後來對出來，說不得親自走一趟，騎馬去了，不在話下。

且說賈珍方要抽身進去，衹見張道士站在旁邊賠笑說道：『我論理比不得別人，應該在這裏頭伺候。衹因天氣炎熱，衆位千金都出來了，法官不敢擅入，請爺的示下。恐老太太問，或要隨喜那裏，我衹在這裏伺候罷。』賈珍知道這張〔五〕道士雖然是當日榮國公的替身兒，後又倒做了道錄司的正堂，曾經先皇御口親封為『大幻仙人』，如今現掌『道錄司』印，又是當今封為『終了真人』，現今王公、藩鎮都稱他為『神仙』，所以不敢輕慢。二則他又常往兩個府裏去，凡夫人、小姐都是見的。今見他如此說，便笑道：『咱們自己，你又說起這話來。再多說，我把你這胡子還挦了你的！還不跟我進來。』那張道士呵呵笑着，跟了賈珍進來。

賈珍到賈母跟前，躬身賠笑說：『張爺爺進來請安。』賈母聽了，忙道：『攙起來。』那張道士先呵呵笑道：『無量壽佛！老祖宗一向福壽康寧？衆位小姐、奶奶納福？一向沒到府裏請安，老太太氣色越發好了。』賈母笑道：『老神仙，你好？』張道士笑道：『托老太太萬福萬壽，小道也還康健。別的倒罷，衹記挂着哥兒，一向身上好？前日四月二十六日，我這裏做遮天大王的聖誕，人也來的少，東西也很幹淨，我說請哥兒來逛逛，怎麽說不在家？』賈母笑說道：『果真不在家。』一面回頭叫寶玉。誰知寶玉解手去了才來，忙上來問：『張爺爺好？』張道士忙抱住請了安，又向賈母笑道：『哥兒越發發了福了。』賈母道：『他外頭好，裏頭弱。又搭着他老子逼着他念書，生生的把個孩子逼出病來了。』張道士道：『我前日在好幾處看見哥兒寫的字，作的詩，都好的了不得，怎麽老爺還抱怨說哥兒不大歡喜讀書呢？依小道看來，也就罷了。』又嘆道：『我看見哥兒的這個形容身段，言談舉動，怎麽就同當日國公爺一個稿子！』說着兩眼流下泪來。賈母聽說，也由不得滿臉泪痕，說道：『正是呢，我養了這些兒子孫子，也沒個像他爺爺的，就衹這寶玉還像他爺爺。』

那張道士又向賈珍道：『當日國公爺的模樣兒，爺們輩的不用說，自然沒趕上，大約連大老爺、二老爺也記不清楚了。』說畢呵呵又一大笑，又道：『前兒在一個人家看見一位小姐，今年十五歲了，生的倒也好個模樣兒。我想着哥兒也該尋親事了。若論這個小姐模樣兒，聰明智慧，根基家當，倒也配的過。但不知老太太怎麽樣，小道也不敢造次。等請了老太太的示下，才敢向人去張口。』賈母道：『上回有個和尚說了，這孩子命裏不該早娶，等再大一大兒再定罷。你可如今也打聽着，不管他根基富貴，衹要模樣兒配的上就罷了，來告訴我。便是那家子窮，不過給他幾兩銀子也罷。也祇是模樣兒性格兒難得好的。』

說畢，祇見鳳姐兒笑道：『張爺爺，我們丫頭的寄名的符你也不換了去。前兒虧你還有那麼〔六〕大臉，打發人和我要鵝黃緞子去！我要不給你，又怕你那老臉上過不去。』張道士呵呵大笑道：『你瞧，我眼花了，也沒看見奶奶在這裏，也沒道多謝。符早已有了，前日原要送去的，不料娘娘來作好事，就忘了，還在佛前鎮着。待我取來。』說着跑到大殿上去，一時拿了一個茶盤子，搭着大紅蟒緞經袱子，托出符來。大姐兒的奶子接了符。張道士方欲抱過大姐兒來，祇見鳳姐兒笑道：『你手裏拿來也罷了，又用個盤子托着。』張道士道：『手裏不幹不淨的，怎麼拿？用盤子潔淨些。』鳳姐兒笑道：『你祇顧拿出盤子來，倒唬我一跳。我不說你是為送符，倒像和我們化布施來了。』衆人聽說，哄然一笑，連賈珍也撑不住也笑了。賈母回頭道：『猴兒猴兒，你不怕下割舌頭地獄？』鳳姐兒笑道：『我們爺兒們不相幹。他怎麼常常的說我該積陰騭，遲了就短命呢！』

張道士也笑道：『我拿出盤子來一舉兩用，卻不為化布施，倒要將哥兒的這玉請了下來，托出去給那些道友、并徒子、徒孫們見識見識！』賈母道：『既這麼着，你老天拔地跑什麼，就帶他去瞧了，叫他進來，豈不省事？』張道士道：『老太太不知道，看着小道是八十多歲的人，托老太太的福倒也健壯；二則外面的人多，氣味難聞，況是暑熱天，哥兒受不慣，倘或哥兒受了腌臢氣味，倒值多了。』賈母聽說，便命寶玉摘下通靈玉來，放在盤內。那張道士兢兢業業的用蟒袱子墊着，捧了出去。

這裏賈母與衆人游玩了一會，方上樓去。衹見賈珍回說：『張爺爺送了玉來了。』剛說着，衹見張道士捧了盤子，走到跟前笑道：『衆人托小道的福，見了哥兒的玉，實在希罕。都沒什麼敬賀之物，這是他們各人傳道的法器，都願意為敬賀之禮。哥兒便不希罕，衹留着在房裏玩耍賞人罷。』賈母聽說，向盤內看時，衹見也有金璜的，也有玉玦的，或有事事如意，或有歲歲平安，皆是珠穿寶貫，共有三五十件。因說道：『你也胡鬧。他們出家人都是那裏來的，何必這樣，這斷不收的。』張道士笑道：『這是他們一點敬意，小道也不能阻擋。老太太若不留下，豈不叫他們看着小道微薄，不像是門下出身了？』賈母聽如此說，方命人收下了。寶玉笑道：『老太太，張爺爺既說，又推辭不得，我要這個也無用，不如叫小子們捧了這個，跟我出去散給窮人罷。』賈母笑道：『這倒說的是。』張道士又忙攔道：『哥兒雖要行好事，但這些東西雖說不甚希奇，到底也是幾件器皿。若給了乞丐，一則與他們無益，二則反倒糟蹋了這些東西。，要捨窮人，何不就散錢與他們。』寶玉聽說，便命收下，等晚間拿錢施捨罷。說畢，張道士方退出。

這裏賈母與衆人上了樓，賈母在正樓上坐了。鳳姐等占了東樓。衆丫頭等在西樓，輪流伺候。賈珍一時來回：『神前拈了戲，頭一本《白蛇記》。』賈母問：『《白蛇記》是什麼故事？』賈珍道：『是漢高祖斬蛇起首的故事。第二本是《滿床笏》。』賈母笑道：『這倒在第二本上？也罷了。神佛要這樣，也衹得罷了。』又問第三本，賈珍道：『第三本是《南柯夢》。』賈母聽了便不言語。賈珍退了下來，至外邊預備着申表、焚香、開戲。不在話下。

且說寶玉在樓上，坐在賈母旁邊，因叫個小丫頭子捧着方才那盤子賀物，自己將玉帶上，用手翻弄，一件一件挑與賈母看。賈母因看見有個赤金點翠的麒麟，便伸手拿了起來，笑道：『這件東西好像我看見誰家的孩子也戴着這麼一個。』寶釵笑道：『史大妹妹有一個，比這個小些。』賈母道：『原來是湘雲兒有這個。』寶玉道：『他這麼住在我們家，我也沒看見。』探春笑道：『寶姐姐有心，不管什麼他都記得。』林黛玉冷笑道：『他在別的上，心還有限，惟有這些人帶的東西上，越發留心。』寶釵聽說，便回頭裝沒聽見。寶玉聽見史湘雲有這件東西，便將那麒麟忙拿起來揣在懷內。一面揣着，心裏想到，怕人看見他聽見史湘雲有了，他就留這件，因此手裏揣着，卻拿眼睛瞟〔七〕人。衹見衆人倒不理論，惟有林黛玉瞅着他點頭兒，似有贊嘆之意。寶玉不覺心裏不好意思起來，又掏了出來，向林黛玉笑道：『這個東西倒好玩，我替你留着，到了家穿上你帶。』林黛玉將頭一扭，說道：『我不希罕。』寶玉笑道：『你果然不希罕，我少不得就拿着。』說着又復揣起來。

剛要說話，衹見賈珍、賈蓉的妻子婆媳兩個來了，彼此見過，賈母方說：『你們又來做什麼，我不過沒事來逛逛。』一句話說完了，衹見人報：『馮將軍家有人來了〔八〕！』原來馮紫英家聽見賈府在廟裏打醮，連忙預備了豬羊香供茶食之類的東西送了來。鳳姐兒聽見了，忙趕過正樓來，拍手笑道：『哎呀！我就不防這個。衹說咱們娘兒們來逛逛，人家衹當咱們大擺齋壇的，來送禮。都是老太太鬧的。這又得預備賞封兒。』剛說了〔九〕，衹見馮家的兩個管家娘子上樓來了。馮家的兩個未去，又接着趙侍郎家也有禮來了。于是接二連三，都聽見賈府打醮，女眷都在廟裏，凡一應遠近親友、世家相與都來送禮。賈母才後悔起來，說：『又不是什麼正經事，我們不過閑逛逛，就想不到這禮上，沒的驚動了人。』因此雖看了一會戲，至下午便回來了，次日便懶怠〔十〕去。鳳姐兒又說：『打牆也是〔十一〕動土，已驚動了人家，今兒樂得還去逛逛。』那賈母祇因昨日張道士提起寶玉說親的事來，誰知寶玉一日心中不自在，回家來生氣，嗔着張道士與他說了親，口口聲聲說從今以後再不見張道士了，別人也不知為什麼原故；二則林黛玉昨日回家又中了暑：因此二事，賈母便執意不去了。鳳姐見不去，自己帶了人去，也不在話下。

且說寶玉因見林黛玉又病了，心裏放不下，飯也懶去吃，不時來問。林黛玉又怕他有個好歹，因說道〔十二〕：『你祇管看你的戲去，在家裏做什麼？』寶玉因昨日張道士提起說親，心中不受用，今聽見林黛玉如此說，因想道：『別人不知道我的心也還可恕，連他也奚落起我來。』因此心中更比往日煩惱加之百倍。若是別人跟前，斷不能動這肝火，祇是林黛玉說了這話，倒比往日別人說話不同，由不得立刻沉下臉來，道：『我白認得你。罷了，罷了！』林黛玉聽說，便冷笑了兩聲，道：『我也知道，白認得了我，那裏像人家有什麼配的上呢！』寶玉聽了，便向前來直問道：『你這麼說，是安心咒我天誅地滅？』林黛玉一時解不過這話來。寶玉又道：『昨兒我還為這個賭了幾回咒，今兒你到底準了我一句。我便天誅地滅，你又有什麼益處？』林黛玉一聞此言，方想起上回的話來。今日原是自己說錯了，又是着急，又是羞愧，便戰戰兢兢的說道：『我要安心咒你，我也天誅地滅。何苦來！我知道，昨日張道士說的親，你怕阻了你的好姻緣，你心裏生氣，來拿我來殺性子。』

原來寶玉自幼生成有一種下流痴病，況從小時和黛玉耳鬢廝磨，心情相對；既如今稍明時事，又看了這些邪書僻傳，凡遠近親友之家所見的那些閨英闈秀，皆未有稍及黛玉者，所以早存留一段心事，衹不好說出來，故每每或喜或怒，變盡法子暗中試探。那林黛玉偏生他也是個有些痴病的，也每用假情試探。因你也將真心真意瞞了起來，衹用假意；我也將真心真意瞞了起來，衹用假意，如此兩假相逢，終有一真。其間瑣瑣碎碎，難保不着口角之爭。即如此刻，寶玉心內想的是：『別人不知我的心，還有可恕，難道你就不想我的心裏眼裏衹有你！你不能為我解煩惱，反來以這話奚落堵噎我。可見我心裏一時一刻白有了你，你竟心裏沒我。』心裏這意思，衹是口裏說不出來。那林黛玉心裏想着：『你心裏自然有我，雖有「金玉相對」之說，你豈是重這邪說不重我的？我便時常提這「金玉」，你衹管了然自若無聞的，方見得待我重，而毫無此心了。如何我衹一提「金玉」的事，你就着急？可知你心裏時時有「金玉」，見我一提，又怕我多心，故意着急，安心哄我。』看來兩個人原本是一個心，但都多生了枝葉，反弄成了兩個心了。

那寶玉心裏又想着：『我不管怎麼樣都好，衹要你隨意，我便立刻同你死了也情願。你知也罷，不知也罷，祇由我的心，可見你方和我近，不和我遠〔十三〕。』那林黛玉心裏又想着：『你祇管你，你好我就好，你何必為我而自失。殊不知你失我自失。可見你是不叫我近，你有意叫我遠你了。』如此看來，卻都是求近之心，反〔十四〕弄成疏遠之意。如此之話，皆他二人素昔所存私心，也難備述。

如今祇述他們外面的形容。那寶玉又聽見『好姻緣』三個字，越發逆了己意，心裏幹噎〔十五〕，口裏說不出話來，便賭氣向頸上抓下通靈玉來，咬牙狠命往地下一摔，道：『什麼勞什東西，我砸〔十六〕了你完事！』偏生那玉堅硬非常，摔了一下，竟公然不動。寶玉見不碎，便回身找東西來砸。林黛玉見他如此，早已哭起來，說道：『何苦來，你又砸那啞吧物件。有砸他的，不如砸我！』二人鬧着，紫鵑、雪雁等都忙進來勸解。後來見寶玉下死力砸玉，忙上來奪，又奪不下來，見比往日鬧的大了，少不得去叫襲人，襲人〔十七〕忙趕了來，才奪了下來。寶玉冷笑道：『我砸我的東西，與你們什麼相幹！』

襲人見他臉上都氣黃了，眉眼都變了，從來沒氣的這樣，便拉着他的手，笑道：『你同妹妹拌嘴，不犯着砸他；倘或砸壞了，叫他心裏臉上怎麼過的去？』林黛玉一行哭着，一行聽了這話說到自己心坎兒上來，可見寶玉連襲人不如，越發傷心大哭起來。心裏一煩惱，方才吃的香薷飲解暑湯便承受不住，『哇』的一聲都吐了出來。紫鵑忙上來用手帕子接住，登時一口一口的把一塊手帕吐濕。雪雁忙上來捶。紫鵑道：『雖然生氣，姑娘到底也該保重着。才吃了藥好些，這會子因和寶二爺拌嘴，又吐出來。倘或犯了病，寶二爺怎麼過的去呢？』寶玉聽了這話說到自己心坎兒上來，可見黛玉不如紫鵑。因又見林黛玉臉紅頭脹，一行哭，一行氣湊，一行是泪，一行是汗，不勝怯弱。寶玉見了這般，又自己後悔方才不該同他校證，這會子他這個光景，我又替不了他。心裏想着，也由不的滴下泪來。襲人見他兩個哭，由不得守着寶玉也心酸起來，又摸着寶玉的手冰涼，待要勸寶玉不哭罷，一則又恐寶玉有什麼委屈悶在心裏，二則又恐薄了林黛玉。不如大家一哭，就丟開了手，因此也流下泪來。紫鵑一面收拾了吐的藥，一面拿扇子替黛玉輕輕的扇着，見三人鴉雀無聲，各自哭各自的，也由不得傷起心來，也拿帕子擦眼泪。四個人都無言對泣。

一時，襲人勉強向寶玉道：『你不看別的，你看看這〔十八〕玉上穿的穗子，也不該同姑娘拌嘴。』林黛玉聽了，也不顧病，起來奪過去，順手抓起一把剪子來要剪。襲人、紫鵑剛要奪，已經剪了幾段。林黛玉哭道：『我也是白效力。他也不希罕，自有別人再給他穿好的去。』襲人忙接了玉道：『何苦來，這是我方才多嘴的不是了。』寶玉向林黛玉道：『你祇管剪，我橫豎總不帶他，也沒什麼。』

衹顧裏頭鬧，誰知那些老婆子們見林黛玉大哭大吐，寶玉又砸玉，不知要鬧到什麼田地，倘或連累了他們，便一齊往前頭回賈母、王夫人知道，好不幹連他們。那賈母、王夫人見他們忙忙的作一件正經事的來告訴，也不知有了什麼大禍，一齊進園來瞧他兄妹。襲人急的抱怨紫鵑為什麼驚動了老太太、太太；紫鵑又衹道是襲人去告訴的，也抱怨襲人。那賈母、王夫人進來，見寶玉也無言，林黛玉也沒話，問起來又沒為什麼事，便將這禍移到襲人、紫鵑兩個人身上，說『為什麼你們不小心伏侍，這會子鬧起來都不管了！』因此將他二人連罵帶說教訓了一頓。二人都沒話，衹得聽着。還是賈母帶了寶玉去了，方才平服。

過了一日，至初三日，乃是薛蟠的生日，家裏擺酒唱戲，請賈府諸人。寶玉因得罪了林黛玉，二人總未見面，心中已後悔，無精打采的，那裏還有心腸去看戲，因而推病不去。黛玉不過前日中了些暑熱之氣，本無甚大病，聽見他不去，心裏想道：『他是好吃酒看戲的，今日反不往他們家去，自然是因為昨兒氣着了。再不然，他見我不得去，他也沒心腸去。衹是昨兒千不該萬不該剪那玉上的穗子。管定他再不帶了，還得我穿好了他才帶。』因而心中十分後悔。

那賈母見他二人都生了氣，衹說趁今兒那邊去看戲，他兩個見了也就完了，不想又都不去。老人家急的抱怨說：『我這老冤家是那世的孽障，偏生遇見了這麼兩個不省事的小冤家，沒有一天不叫我操心。真是俗語說的，「不是冤家不聚頭」。幾時我閉了這眼，斷了這口氣，憑你兩個冤家鬧上天去，我眼不見心不煩，也就罷了。偏生不咽這口氣。』自己抱怨着也哭了。

這話傳入寶、黛二人耳內。原來他二人未聽見過『不是冤家不聚頭』的這句俗語，如今忽然得了這句話，好似〔十九〕參禪的一般，都低頭細嚼此說的滋味，都不覺潸然泪下。雖不曾會面，然一個在瀟湘館臨風灑泪，一個在怡紅院對月長嘆，卻是人居兩地，情發一心！

襲人因勸寶玉道：『千萬不是都是你的不是。往日家裏的小廝們和他們的〔二十〕姊妹拌嘴，或是兩口子分爭，你聽見了，還是罵小子們蠢，不能體貼女孩子們的心腸。今兒你也這麼着了。明兒初五，大節下，你們兩個再這麼仇人似的，老太太越發要生氣，一定弄的大家不安生。依我勸，你正經下個氣兒，陪個不是，大家還是照常一樣，這麼也好，那麼也好。』那寶玉聽了，不知依也不依，且聽下回分解。

總評

一片哭聲，總因情重。金玉無言，何可爲證。

校記

〔一〕原文無『你』字，據庚辰本補。

〔二〕原文無『説』字，據蒙府本補。

〔三〕此處的『戴』字，原文爲『帶』，校者改。

〔四〕此處的『嗔』字，原文爲『趁』，據庚辰本改。

〔五〕原文無『張』字，據庚辰本補。

〔六〕此處的『那麼』二字，原文爲『那們』，據蒙府本改。

〔七〕此處的『瞟』字，原文爲『摽』，據蒙府本改。

〔八〕原文無『了』字，據庚辰本補。

〔九〕原文無『剛説了』字，據庚辰本補。

〔十〕此處的『懶怠』二字，原文爲『懶』，庚辰本爲『懶待』，校者爲與其他處統一，補『怠』字。

〔十一〕原文無『是』字，據庚辰本補。

〔十二〕原文無『因説道』三字，據庚辰本補。

〔十三〕此處的『可見你方和我近，不和我遠』字，原文爲『可見你方知我近，不知我遠』，據列藏本改。

〔十四〕原文無『反』字，據庚辰本補。

〔十五〕此處『幹噎』二字，原文爲『幹咽』，據庚辰本改。

〔十六〕此處的『砸』字，原文爲『軋』，據蒙府本改。『軋』字改『砸』，此段共有七處，下段共有二處，再隔兩段也還有一處，均不再另注。

〔十七〕原文無『襲人』二字，據庚辰本補。

〔十八〕原文無『這』字，據庚辰本補。

〔十九〕此處的『似』字，原文爲『是』，據庚辰本改。

〔二十〕此處的『他們的』字，原文爲『他』，據庚辰本改。